新潮文庫

# 猟銃・闘牛

井上　靖著



版

134

# 目次

# 猟銃・闘牛

# 猟銃

私は日本猟人倶楽部《クラブ》の機関誌である「猟友」と言う薄っぺらな雑誌の最近号に「猟銃」と題する一篇の詩を掲載した。

斯《こ》う言うと、私は狩猟に多少なりとも関心を持っている人間のように聞えるかも知れないが、もともと殺生《せっしょう》を極度に嫌う母親の手に育てられて、未《いま》だ曾《かつ》て空気銃一梃《ちょう》手にした経験はないのである。たまたま「猟友」と言う雑誌の編輯《へんしゅう》に当っているのが、私の高等学校時代の級友で、いい年をして未だに詩の同人雑誌から足を洗えないで、自己流の詩を作っている私に、恐らくは、彼のほんのその場の気まぐれからと、それに久闊《きゅうかつ》を叙すると言った程度の、儀礼的な意味をこめて、一篇の詩を依頼して来たまでの事である。何分雑誌が自分などには縁のない特殊な雑誌であるし、先方の注文も、何か狩猟に関係のあることに取材してとあったので、平生の私なら、一も二もなく執筆をことわる筈《はず》であったが、丁度その頃、ふとした事から猟銃と言うものと、人間の孤独と言うものの関係に、詩的感興をそそられて、いつかこのモティフを作品にしてみよう、と考えていた矢先だったので、これは至極恰好《かっこう》な発表場所だと思って、十一月も末の、漸《ようや》く夜寒がきつく感ぜられ出したある夜、十二時過ぎまで机に向って、私流儀の一篇の散文詩をものして、翌日さっそく「猟友」編輯部へ送ったのであった。

さてその散文詩「猟銃」なるものであるが、これから書こうとするこの手記に多少の繋《つな》がりを持っているので、一応、次に書き写してみることにする。

その人は大きなマドロスパイプを銜《くわ》え、セッターを先に立て、長靴で霜柱を踏みしだき乍《なが》ら、初冬の天城《あまぎ》の間道の叢《くさむら》をゆっくり分け登って行った。二十五発の銃弾の腰帯《バンド》、黒褐色の革の上衣、その上に置かれたチャアチル二連銃、生きものの命断つ白く光れる鋼鉄の器具で、かくも冷たく武装しなければならぬものは何であろうか。行きずりのその長身の猟人の背後姿《うしろ》に、私はなぜか強く心惹《ひ》かれた。

その後、都会の駅や盛り場の夜更《よふ》けなどで、私はふと、ああ、あの猟人《ひと》のように歩きたいと思うことがある。ゆっくりと、静かに、冷たく——。そんな時きまって私の瞼《まぶた》の中で、猟人の背景をなすものは、初冬の天城の冷たい背景ではなく、どこか落莫《らくばく》とした白い河床であった。そして一個の磨き光れる猟銃は、中年の孤独なる精神と肉体の双方に、同時にしみ入るような重量感を捺印《スタンプ》しながら、生きものに照準された時は決して見せない、ふしぎな血ぬられた美しさを放射しているのであった。

この詩の掲載誌が友から送り届けられ、その頁《ページ》をばらばらとめくった時、迂闊《うかつ》な私は、その時初めて、自分の作品が「猟銃」と言うもっともらしい題は附けられてはいるものの、凡《およ》そこの雑誌には不似合のもので、各処に散見する猟道だとか、スポーツマン・シップだとか、あるいは健康な趣味とか言った種類の言葉と、余りにも判然《はっき》りと反撥《はんぱつ》し合っていて、私の詩の組み込まれている頁だけが、まるで一つの居留地のように、孤立した全く別個の特殊地帯を作り上げている事に気付いたのである。言うまでもなく、私がこの作品に盛ったものは、私が私の詩的直観によって把握した猟銃と言うものの持つ本質的な性格であって、それが言い過ぎなら、少なくともそれを意図したものであって、その点からは私は自負をこそ持て、些《いささ》かも卑下するには当らないものであった。もしこれが他の雑誌に載ったのなら、勿論《もちろん》そこに何の問題もないわけであるが、それが狩猟を最も健康闊達な趣味として宣伝する事を使命としている、日本猟人倶楽部の機関誌であるだけに、その中にあっては、私の猟銃観は、大なり小なり、異端視され、敬遠さるべき性質のものであった。斯うしたことに気付くと、今更に最初私の詩稿を手にした際の友の当惑も察しられ、しかも恐らくは少なからぬ躊躇《ちゆうちよ》を持ったであろうが、敢《あ》えてこれを掲載した、如何《いか》にもその友らしい私に対する細かい神経の配り方も想像されて、私はその当初その事で心痛んだものであった。そしてもしかしたら猟人倶楽部の誰からか抗議の一つぐらいは貰《もら》うかも知れぬと思ったのであったが、それも私の杞憂《きゆう》にすぎなく、何時《いつ》まで経《た》ってもそれらしい一枚の葉書も舞い込んでは来なかった。幸か不幸か、完全に私の作品は、全国の猟人たちから黙殺の待遇を受けたのであった。あるいはもっと適当に言うならば、全然読まれなかったかも知れないのである。そしてこの事が私の念頭から全く忘れ去られて終《しま》った二カ月程経ったある日、三杉穣介と言う全くの未知の人物から一通の封書が送られて来たのであった。

泰山の古碑の一つに刻まれてある文字について、後代の史家が、野分の去った後の、あの白い陽の輝きに似ている、と評しているのを読んだ事があるが、私が手にした白い和紙の大型封筒の上に見出した三杉穣介の文字は、少し誇張して言えば、まさにそのような文字であった。今は既に湮滅《いんめつ》して、その古碑の一枚の拓本すら残存していない今日、その筆蹟《ひつせき》がいかなる風韻格調を持つものであるかは、もとより想像すべくもないが、三杉穣介の封筒からはみ出しそうに書かれた大きな草書体の文字が、一見豪《ごう》宕《とう》な感じのする派手な達筆でありながら、そのくせ暫《しばら》く眺めていると、一字一字の字面《づら》から、一種の空虚感のようなものの吹き上げて来るのが感じられ、私はふと、泰山石刻の書に対する前記の史家の評言を思い浮べたものであった。墨をたっぷりと筆に含ませ、封筒を左手に持って、一気呵成《いっきかせい》に筆を走らせたと思われるのだが、その筆勢には、所謂《いわゆる》枯れたとは違った、妙に冷たい無表情と無関心が覗《のぞ》いていて、いい換えれば、その自在な筆勢にのっけからいい気持になっていない、いかにも近代人らしい自我も感じられ、世の達筆なるものの持つ俗臭や嫌味はなかった。

それはともかく、私の家の粗末な木製の郵便受の中に発見するには、その手紙の堂々たる風格は、少々場違いの感のある派手なものであった。封を切ってみると、間余の画仙紙に一行五、六字の大ぶりの文字を同じ自在な筆で走らせてある。——自分は些か狩猟に趣味を持つものであるが、先頃偶然に「猟友」誌上に御高作「猟銃」を拝読する機会を得た。自分は生来の無粋者で、もともと詩の風雅には無縁の徒であり、有体に申し上げると、詩と言うものを読んだのは後にも先にも今回が最初であって、失礼ではあるが、御尊名にも初めて接したような次第であるが「猟銃」を拝読して近頃にない感動を覚えた。——大体斯う言った書出しで、私はこれに最初目を走らせた時、忘れかけていた散文詩「猟銃」の事が思い出され、いよいよ狩猟家からの、それも相当の相手から抗議文が舞い込んで来たと思って、一瞬心に緊張を感ぜざるを得なかったのであるが、読み進むにつれ、手紙の内容はかかる自分の予想とは全く異なったものである事が解《わか》って来た。其処《そこ》には全く私の予期せぬ事が綴《つづ》られてあったのである。三杉穣介は終始礼譲を失わぬ鄭重《ていちょう》な言葉遣いで、しかし他面その筆蹟の如《ごと》く一種の自恃《じじ》と冷静さを忘れない頗《すこぶ》る整った文章で、「猟銃」の中に書かれてある人物は、恐らく斯《か》く言う自分であろうと想像するがいかがであろうか、十一月初め天城の猟場に出掛けた折、山麓《さんろく》の村の何処かで、はしなくも私ののっぽな背後姿《うしろ》がお目にとまった事であると思う。雉《きじ》専門に調教してある黒と白の斑《まだら》のセッター、倫敦《ロンドン》にある時恩師より拝領したチャアチル、それに愛用のパイプまでお目にとまり、恐縮至極に存じている。なおその上、私の悟りに遠いお恥かしい心境まで御詩境に適《かな》い、光栄に存ずるし、面映《おもは》ゆくも感じ、詩人と言う特殊な方の非凡な烱眼《けいがん》に今更ながら感服した次第である。——此処《ここ》まで読んで、私は改めて、彼の言う如く、伊豆《いず》の天城山麓の小さい温泉部落で、五カ月程前のある朝、散歩に出た杉林の中の細い道で、ふと行き会った一人の猟人の姿を新しく思い描いてみようとしたが、その時私の眼を惹いたその猟人の妙に孤独な背後姿の漠然とした印象以外、何一つはっきりとは思い出す事はできなかった。背の高い中年の紳士と言う以外、その人物の容貌《ようぼう》は勿論のこと、その年恰好もはっきりした映像をもっては浮び上って来なかったのである。

もともと私とて何も特別の注意をもって、その人物を観察したわけではなかった。猟銃を肩にして向うからやって来る一人の紳士の、パイプを銜えている姿が、普通の狩猟家とは違って、何か思索的な雰囲気をその周囲に持って居《お》り、初冬の朝の冷たい空気の中で、それがいやに清潔に眼にしみて浮び上って見えたので、その時私は思わずすれ違った後でその人物を振り返って見たまでの事である。するとその人物は歩いて来た小道から外れて、雑木の生い繁《しげ》っている山へと道をとって、長靴のすべるのを気にしている風にゆっくりと、かなりひどい急斜面の道を、一歩一歩踏みしめながら登って行くところで、それを暫く見送っている私の眼には、その背後姿が作品「猟銃」に書いたように、何故かひどく孤独なものとして映ったのであった。その時、その猟人の連れている猟犬が見事なセッター種である事ぐらいの知識は私も持ち合わせていたが、その人が肩にしている猟銃が何であるかの鑑識眼は、狩猟に縁の遠い私が持っていよう筈はなかった。猟銃の最高級品がリチャアドかチャアチルであると言う事を知ったのは、全く後日散文詩「猟銃」をものする際の一夜づけの知識であって、私は全く自分の一存から、作品の中で勝手に紳士の肩に英国製高級銃を置かしめたのであったが、それがたまたま実際の人物三杉穣介の持物と偶然に一致したわけであった。そんなわけで、いま散文詩「猟銃」の主人公が自分だと当の本人から名乗り出られても、ああそうかと思うだけで、私の観念の実体たる三杉穣介は依然として私には未知の人であった。

その三杉穣介の手紙は更に続いていた。――突然変な事を申し上げて御不審に思うかも知れないが、私は今ここに私宛《あて》の三通の手紙を持っている。私はこれを焼き棄《す》てるつもりであったが、御高作を拝見して貴方《あなた》と言う人物を知り、ふとこの手紙を貴方にお見せしてみたい気持が起った。御静境を煩《わずら》わして甚だ相すまぬ次第だが、別便で三通の手紙をお送りする故《ゆえ》お暇の折読んで頂けないか、読んで頂きたいと言う以外べつに些かの他意もない。私と言う人間が覗き見た貴方の所謂「白い河床」なるものが、如何なるものであるか知って頂きたいと思うのである。人間と言うものは愚かなもので、自分と言うものを所詮《しょせん》は誰かに知って貰いたいもののようである。私はそうした気持をついぞ今まで持った事はなかったのだが、私と言う人間に特殊な関心を示して下さった貴方と言う方のあるを知って、ふと貴方に何もかも知って頂きたい気持になったのである。お読みになった後は、手紙は三通とも私に代って破棄して戴《いただ》けたら結構である。なお伊豆で私の姿がお目にとまったのは、私がこの三本の手紙を入手した直後のことかと思われる。しかしながら、そもそも私が狩猟に興味を持つに至ったのは数年の昔に遡《さかのぼ》り、現在の天涯孤独の身とは異なり、公私両生活において先《ま》ず先ず破《は》綻《たん》なき時期、既に猟銃は私の肩にはなくてはならぬもののようであった。このこと一筆申し添えさせて戴く。——

私がこの手紙を読んだ翌々日、前の手紙と同様「伊豆旅館にて、三杉穣介」と言う差出人の名で、三通の手紙が送られて来た。それは三杉宛の三人の女性の手紙で、私はこれを読んで、いやこの手紙を読んだ後の私の感懐をここに記すことはやめよう。以下この三通の手紙を書き写してみようと思うのだが、最後に一言、私には三杉なる人物が社会的に相当の地位を持った人のように思われて、一応、紳士録、人名録その他をくってみたが、ついにその名を発見できなかったこと、おそらくは、それが彼が私のために用いた仮名であろうと言うことを附記しておく。なお手紙を写すに当り、多くの墨で抹殺してある箇処のうちで、明らかに彼の本名が記されてあったと思うところには三杉穣介の名を当て、文中に登場する他の人物は、すべて仮名を用いた事をお断りしておく。

## 薔子の手紙

おじさま、穣介おじさま。

母さんがお亡《な》くなりになってから、早いもので、もう三週間経《た》ちました。昨日あたりからお悔み客もなくなり、おうちの中も急にひっそりして、母さんがもうこの世にいないのだ、と言う淋しさが、漸《ようや》く実感となって、心にしみ込んで来るようになりました。おじさまは随分お疲れでございましたでしょう。お葬儀一切の事、親戚《しんせき》への御通知からお通夜《つや》のお夜食の御心配まで、何から何までなさった上、母さんの死があんな特別なものでしたから、警察へも私に代って何回もお運びになり、万端御配慮戴《いただ》きました事は、何ともお礼の申し上げようもない次第でございます。あれから直《す》ぐ、今度は会社のお仕事で東京へお出掛けになったのですから、どうかお疲れが一度に出なければよいがと案じて居《お》ります。

でもお立ちになる時の御予定では、今日あたりは、既に、東京のお仕事もおすませになり、私も知っているあの、明るいが、どこか総体に冷たく沈んだ瀬戸物の絵のような、伊豆《いず》の美しい雑木林の風景に見入っていらっしゃるのではないかと想像して居ります。伊豆御滞在中にこのお手紙を読んで戴こうと思って、薔子はペンをとりました。

おじさまがお読みになった後、パイプを銜《くわ》えて風に吹かれていらっしゃりたいような、そんな気持になるお手紙をと、思うのですが、それがどうしても出来ないのです。さっきから、これから先が書けないで、何枚も何枚も便箋《びんせん》を無駄にして居ります。こんなつもりではなかったのです。現在の薔子の考えを素直な心で申し上げ、おじさまの御諒解《ごりょうかい》を得ようと、何度も何度も、筋道を考え、このお手紙の予習を終えてあるのですが、さて、ペンをとってみると、急に申し上げたいことが一度にどっと押し寄せて来て、いいえ、それも違っています。ほんとは、悲しい思いが、風のある日の蘆屋《あしや》の海の白い波頭のように四方から押し寄せて来て、薔子の頭を混乱させてしまうのです。でもやはり、薔子は書いて参りましょう。

おじさま、申し上げましょうか、薔子は知って居りますの、おじさまと母さんのことを。――何もかも、母さんがお亡くなりになる前日に知ったのです。薔子は母さんの日記を内緒で読んで仕舞ったのです。

もしこの事を言葉に出して言わねばならないとしたら、それはどんなに辛《つら》い事でしょう。幾ら一生懸命になっても、結局は一言もまとまった言葉として、薔子の口から出す事は難しかった事と思います。お手紙だったから書けたのです。恐ろしいのでも、怖いのでもありません。ただ悲しいのです。悲しみで、舌がしびれて仕舞うのです。おじさまが悲しいのでも、母さんが悲しいのでも、私自身が悲しいのでもありません。何もかもが、私を取り巻いている青い空も、十月の陽の光も、百日紅《さるすべり》の木の肌も、風で動く竹の葉も、そして水も石も土も、目に見える自然のすべてが、口を開こうとする瞬間に、悲しい色に塗りかえられて仕舞うのです。私は母さんの日記を読んだあの日から、私を取り巻く自然と言うものが、一日二、三回、多い時は五、六回も、陽のかげるように、忽《たちま》ち悲しい色に塗りかえられる事を知りました。おじさまと母さんの事をふと思い浮べただけで、忽ち私を取り巻く世界は、全く変ったものになって仕舞うのです。赤とか青とかの絵具箱の三十何色の色のほかに、悲しい色と言うものが、しかもはっきりと人間の目に見える、悲しい色と言うものがある事を、おじさまは御存じでしょうか。

私はおじさまと母さんの事で、誰にも祝福されない、祝福されてはならない愛情と言うもののある事を知りました。おじさまと母さんの愛情は、おじさまと母さんだけが知っていらっしゃる事で、他の誰も知らないのです。みどりおばさまも知らない、私も知らない、親戚の誰も知らない。お隣の人も、お向いの人も、どんな親しいお友達も絶対に知らない、又知ってはならないものでした。母さんが亡くなると、おじさまだけが知っていらっしゃる。そしてそのおじさまも亡くなって仕舞うと、もうこの地球上では、そうした愛情と言うものが存在していた事さえ、想像する人は誰一人いないのです。私は今まで愛と言うものは、太陽のように明るく、輝かしく、神にも人にも、永遠に祝福されるべきものだと信じていたのです。清らかな小川のように陽の光に美しく輝き、風に吹かれると無数の優しい小波を立て、岸の沢山の草や木や花にやさしく縁どられ、絶えず清らかな音楽を奏《かな》でながら、それ自身次第に大きく育って行く、そうしたものをこそ、愛であると思い込んでいたのです。どうして陽の光も射《さ》さず、何処から何処へ流れて行くかも知られない、地中深くひそかに横たわっている、一筋の暗渠《あんきょ》のような愛と言うものを想像できたでしょう。

母さんは私を十三年間おだましになっていたのです。そして到頭お騙《だま》しになったまま亡くなられたのです。私は如何《いか》なる場合でも、母さんと私との間に秘密があろうなどとは、夢にも考えられない事でした。母さんは何事につけても、よく親一人娘《こ》一人だもの、と御自身の口から仰言《おっしゃ》いました。唯《ただ》お父さんとどうしてお別れにならなければならなかったか、と言う事に関してだけは、貴方《あなた》がお嫁に行く頃にならないと解《わか》らないからと仰言って、お話になりませんでした。私は早くお嫁に行ける年頃になりたいと思いました。それは母さんとお父さんの事を知りたい為《ため》ではありませんでした。母さんがそれを自分お一人の胸にしまって置く事が、どんなにお辛いかと思ったからです。実際母さんはその事がひどくお辛そうでした。その母さんが、その他の事で私に秘密を持っていらっしゃろうとは！

私がまだ小さかった頃、母さんはよく、悪魔に魅入られて一匹の小兎《こうさぎ》を騙した狼《おおかみ》の話をなさいました。その狼は兎を騙した罪によって石になって仕舞ったのでした。母さんは私を騙し、みどりおばさまを騙し、世の中全部の人を騙し、ああ、何と言う事でしょう。どんな怖ろしい悪魔に魅入られた事でありましょう。そうでした。母さんは御自分で日記に「悪人」と言う言葉をお使いになっていらしったのです。私も三杉も悪人になるんだと。どうせ悪人になるんなら大悪人になりましょうと。悪魔に魅入られたと何故お書きにならなかったのでしょう。小兎を騙した狼よりも、もっともっと不幸な母さん！　それにしてもあの優しい母さんと、私の大好きな穣介おじさまが、悪人、しかも大悪人の決心をなさろうとは！　大悪人になり切らなければ守れない愛情とは、それは、何と悲しいものでしょう。小さい時、西宮の聖天《しょうてん》さんの縁日で、硝子《ガラス》の玉の中に嵌《は》め込まれた赤い造花の花ビラの卦算《けさん》を、誰かに買って貰《もら》った事がありました。私はそれを手に把《と》って歩き出しましたが、到頭泣き出して仕舞いました。何故、急に泣き出したか、誰にもその時の私の気持は解らなかったでしょう。身動きも出来ないで、冷たい硝子の中に凍りついている花ビラ、春が来ても、秋が来てもじっとしている花ビラ、磔《はりつけ》になっている花ビラ、その花ビラの気持を思ったら、急に悲しさがこみ上げて来たのです。それと同じ悲しみが、再び今私の心に蘇《よみがえ》って居ります。ああ、あの悲しい花ビラのようなおじさまと母さんの愛情！

おじさま、穣介おじさま。

薔子が母さんの日記を偸《ぬす》み読んだ事について、おじさまはさぞお怒りの事と思います。しかし私は虫の報《しら》せとでも言うのでしょうか、母さんの亡くなる前日、母さんはこのまま助からないのではないか、ふとそんな気がしたのです。死期が近付いている。そんな不吉な予感が、母さんのどこからか感じられたのです。母さんはおじさまも御存じのように、この半年、微熱がとれない以外、別段食欲《しょくよく》も衰えたと言うのでもなく、頬などは却《かえ》って艶々《つやつや》として、前よりお肥《ふと》りになって来ているのでした。しかし私にはこの頃の母さんの背後姿が、殊《こと》に肩から左右の腕へかけての線が、何故か、いやあな気がする程、淋しく感じられてなりませんでした。お亡くなりになる前日、みどりおばさまがお見舞にいらしったので、それをお報せに母さんのお部屋へ伺ったのですが、何気なく唐紙を開けて、私ははっと致しました。前からもう派手になったから私にあげようと仰言って、畳紙《たとう》に包んで簞笥《たんす》におしまいになったまま何年も滅多にお出しにならなかった、薊《あざみ》をぱっと大きく織り出した納戸《なんど》の結城《ゆうき》のお羽織を着て、母さんは床の上に向うむきに坐《すわ》っていらっしゃるのでした。まあと思わず声を出しますと、

「どうしたの」

と私の愕《おどろ》いたのが不審そうに、母さんはこちらをお向きになりました。

「だって」

と言ったまま、私は咄嗟《とっさ》には次の言葉が出ず、そのうちに自分でも何で大袈裟《おおげさ》に愕いたか解らず、可笑《おか》しさがこみ上げて参りました。着物道楽の母さんが、昔の派手な着物を出して着る事は何も珍しい事でありませんでしたし、殊に御病気になってから憂《う》さを晴らされるのか、派手なものの派手なものと、何年も手を通さない着物を簞笥からお出しになって着る事は、母さんの日課の一つのようになっていたのです。しかし後で考えてみると、やはりその時、私は結城のお羽織を召した母さんに驚いたのです。その目の醒《さ》めるようにと言っても言いすぎではない程、母さんは美しく見えたのです。そして同時に、あんな淋しい母さんを見た事がないくらい、淋しく見えたのです。私の

あとから続いていらしったみどりおばさまも、お部屋にお這入《はい》りになると直ぐ、おきれいねと仰言って、そのまま暫《しばら》く見惚《みと》れたように口を噤《つぐ》んで坐っていらっしゃいました。

その母さんの結城のお羽織を召した背後姿の、美しいがひどく淋しい感じは、まるで心の中に沈められた一個の冷たい錘《おもり》のように、その日一日私の心から離れませんでした。

夕方になって、その日一日吹いていた風が落ちましたので、私は定代ねえやと、お庭のあちこちに散らばっていた落葉を掃き集めて、それに火を点《つ》けました。そして序《ついで》に、先日莫迦《ばか》らしい程の高いお金を出して買った藁束《わらたば》を持って来て、母さんのお火鉢に入れる藁灰を作ることにしました。するとお座敷に坐って、硝子戸越しにそれを見ていらしった母さんが、綺麗《きれい》なハトロン紙にきちんとお包みになったものを持ってお縁側に出て来られて、

「これを一緒に焼いて頂戴《ちょうだい》！」

と仰言いました。これなんなの、と私がお訊《き》きすると、なんでもいいから、と何時《いつ》になくきつく仰言いましたが、その後から思い直されたのか、

「日記よ、母さんの」

と静かに仰言って、

「そのまま燃して頂戴よ」

と念を押されて、それからくるりと背をお向けになると、まるで風にでも運ばれて行くように、妙に危なっかしい足取りで廊下を向うにお歩きになって行かれました。

藁灰作りは半時間程かかりました。最後の一本の藁屑《わらくず》がめらめらと燃え上って、紫の煙に化して仕舞った時、私の心は決ったのです。母さんの日記を持ってそっとお二階の自分の部屋に上ると、それを棚の奥の方へかくしました。夜になるとまた風が出て来ました。凄《すさ》まじい程白い月の光に照し出されたお庭は、二階の窓から見ると、何《ど》処《こ》か北の果ての、荒磯《あらいそ》のような荒涼とした感じで、風の渡る音が打ち寄せる波濤《はとう》のように聞えました。母さんも定代ねえやもとうに寝につき、起きているのは私一人でした。お部屋が直ぐには開かぬように、ドアの所に重い百科全書を五、六冊積み重ね、窓のカアテンも完全に降ろして仕舞うと（部屋に流れ込む月の光さえも私は怖かったのです）スタンドのシェードを加減して其処《そこ》へ大学ノート一冊を置きました。それがハトロン紙の包紙の中から出て来た母さんの日記だったのです。

おじさま、穣介おじさま。

私はこの機会を外したら、お父さんと母さんの事を永久に知る事は出来ないと思ったのです。私はそれまで素直にお嫁に行く時母さんが話して下さるまで、お父さんの事は知りたいとは思っていませんでした。門田礼一郎と言うお名前だけを大切に胸の奥にしまっておいたのです。しかし昼間母さんの結城のお羽織を着た背後姿を見た時から、私の考えは変っていたのです。何故か母さんの御病気がもう癒《なお》らないだろうと言う事が、私の心の中で一つの悲しい確信になっていましたから。

母さんが何故お父さんと別れねばならなかったかと言う事は、明石《あかし》の祖母や親戚《しんせき》の人たちの口から、何時《いつ》とはなく私の耳にも這入っていました。お父さんが学位をとる為に、京都の大学の小児科で研究していらっしゃる頃、当時五歳の私は、母さんと祖父母と女中たちと明石の家に住んでいたのですが、四月の風の強いある日、生れたばかりの赤ちゃんを抱いた、若い女の人が母さんを訪ねて来ました。その人はお座敷にあがると、床の間に赤ちゃんを置いて、それから帯を解くと、持って来た小さいバスケットから、長襦袢《ながじゅばん》を取り出して着換えを始め、お茶を運んで来た母さんをびっくりさせました。その人は狂っていたのです。床の間の赤い南天の実の下で眠っている肥立ちの悪い赤ちゃんは、お父さんとその女の人との間に出来た子供だと言う事が後で解りました。

その赤ちゃんは間もなく亡《な》くなり、その女の人は幸いにその精神異常が一時的なものだったので、その後間もなく常態にかえり、現在では岡山の商家に嫁いで、倖《しあわ》せになっていると聞いています。母さんが私を連れて、明石の家を飛び出したのは、その事件があってから間もなくで、お聟《むこ》さんだったお父さんは、結局明石の家を去る事になったのでした。私が女学校へ入った時、明石の祖母は、

「彩子もいっこくもんで、出来た事は仕方がなかったのに」

と仰言った事がありました。母さんの潔癖がお父さんの過失を許せなかったのでしょうか。私がお父さんと母さんの事について聞き知っているのは、これだけなのです。七、八歳頃まで、私はお父さんは亡くなったものとばかり思っていました。そう思い込まされて育ったのです。そうです、現在でも私の心の中では、お父さんは亡くなっているのです。此処《ここ》から一時間とはかからぬ兵庫で、現在大きい病院を経営していらっしゃると言うお父さん、今でもおひとりでいらっしゃると言うお父さん、そんな現実のお父さんを、私はどうしても想像する事は出来ないのです。現実にお父さんは生きて居られても、私の、薔子のお父さんはとうに亡くなっているのです。

私は母さんの日記の第一頁《ページ》を開きました。そして喰いつくような私の眼が、そこに

最初発見した文字は、意外にも罪、そうです、罪と言う文字だったのです。罪、罪、罪と数個の罪と言う文字が、母さんの筆蹟《ひっせき》とは思われぬ程、荒々しく書き記されてあったのです。そしてその積み重ねられた幾つかの罪と言う文字の下に、いかにもその罪と言う文字の重さに苦しんででもいるように、「神さまお許し下さい。みどりさん許して下さい」と、ただそれだけ乱暴に認《したた》められてありました。その周囲の他の文字は全部消え、その一行の文字だけが悪魔のように息づいて、今にも跳びかからんばかりに、こちらを怖《おそ》ろしい顔をして窺《うかが》っているのでした。

私は咄嗟《とっさ》にばたんと日記を閉じました。何と言う怖ろしい瞬間だったでしょう。しいんと四辺は静まって、薔子の心臓の鼓動だけが大きく聞えているのです。私は椅子《いす》から立ち上って、もう一度扉や窓を開かないように注意し、それから再び机に戻ると、思い切ってもう一度日記を開きました。そして私は自分こそ悪魔になったような気持で、母さんの日記の全部を、隅から隅まで一字残らず読んで仕舞ったのです。私があれ程知りたかったお父さんの事はただの一行も書かれてなく、其処には夢にも信じられぬおじさまと母さんの事ばかりが、薔子が想像した事もない乱暴な母さんの言葉で書かれてあったのです。母さんはある時は苦しみ、ある時は喜び、祈ったり、絶望したり、時には死を決し——そうです、母さんは何回も何回も自殺をさえ決心していらっしゃるのでした。万一みどりおばさまにおじさまとの事が判《わか》った時は、その時は母さんは死ぬつもりでいらっしゃるのでした。いつもあんなに楽しげに、あんなに明るく、みどりおばさまと話していらっしゃる母さんが、こんなにも、みどりおばさまを怖がっていらっしゃろうとは！

その日記では、母さんは十三年間、常に死を背負って生きて居られました。ある時は四日も五日も続け、ある時は二カ月も三カ月も何も認めてないこの日記は、しかし、どの頁にも何時も自分の死と顔をつき合せていらっしゃる母さんが居るのでした。死ねばいいじゃあないの、死ねば総《すべ》てが解決するじゃあないの、ああ、こんな捨鉢な蓮《はす》葉《つぱ》な言葉を、一体何ものが母さんに書かせたのでしょう。死ぬと決心していれば何を怖がる必要があろう。もっと図太くなること、彩子！　こんな不逞《ふてい》な言葉を、一体何ものが、あの優しい母さんに叫ばしたのでしょう。それは愛情だったのでしょうか。愛情と呼ぶ、あの美しい輝かしいものだったのでしょうか。ふさふさした丈長い髪束をゆたかに胸に廻し、両の手で蕾《つぼみ》のように上向いた乳房を押え、美しい泉のほとりにすっくりと立った、あの誇り高い裸女を、これが愛だと教えてある書物を、いつか、おじさまは私の誕生日の贈物に下さいましたが、ああ、おじさまと母さんの愛情は、それとはなんと違ったものでしたでしょう。

母さんの日記を読んだ瞬間から、みどりおばさまは、薔子にとっても世の中で一番怖ろしい方になりました。母さんの秘密の苦しさは、そのまま薔子のものになりました。ああ、あのいつか口をきゅっとつぼめ、薔子の頰に口づけなさったみどりおばさま！　母さんとどちらか解《わか》らぬほど薔子の大好きなみどりおばさま！　私が蘆屋《あしや》の小学校の一年にあがった時、大きい薔薇《ばら》の花の模様のついたランドセルをお祝いに下さったのも確かみどりおばさま。それから丹後の由良《ゆら》の臨海学校に出掛ける時、鷗《かもめ》の大きい浮袋を下さったのもみどりおばさま。二年生の学芸会の時、私はグリムの「おや指坊や」のお話をして大喝采《だいかっさい》を博しましたが、毎晩のように、御褒美《ごほうび》を出してはそれを練習させて下さったのもみどりおばさま、それから、それから、小さい時の事は何を考えても、そこにはみんなみどりおばさまがいらっしゃいます。母さんと従妹《いとこ》で、母さんと一番仲よしだったみどりおばさま。今はダンスだけですが、麻雀《マージャン》もゴルフも水泳もスキーもお上手だったみどりおばさま。薔子の顔より大きいパイを焼きなさるみどりおばさま。宝塚少女《ツカガール》をいっぱい連れていらしって、母さんと薔子をびっくりさせたみどりおばさま。ああ、何故いつのみどりおばさまも、こんなに明るく、まるで薔薇の花のように楽しげに、母さんと薔子の生活の中に這入っていらっしゃるのでしょう。

おじさまと母さんの事で、もし予感と言うものがあるとしたら、薔子にも一度だけ、そうした事がありました。それは一年程前の事です。お友達と一緒に学校へ行く途中、阪急電車の夙川《しゅくがわ》まで来て、私は課外の英語読本《リーダー》を家に忘れて来た事を思い出したのです。そしてお友達に駅で待っていて戴《いただ》いて、自分一人家に取りに帰ったのですが、家の御門の前まで来て、私は何故か門の中へ這入る事が出来なかったのです。その日朝からねえやはお使いに出て居《お》り、家の中には母さんお一人だけいらっしゃる筈《はず》でした。しかし、母さんがお一人でいらっしゃると言う事が、私は何故か不安だったのです。怖かったのです。私は御門の前に立って、躑躅《つつじ》の植込みを見詰めたまま、這入ろうか、這入るまいか、暫く考え込んでいました。結局英語読本《リーダー》を持って来る事はあきらめて、又お友達の待っている夙川の駅へ引き返したのです。それは何故だか自分でも解らない不思議な気持でした。先刻私が学校へ行くため御門を出た瞬間から、家の中では、母さんお一人の時間が流れ始めた、そんな気持でした。もし私が這入って行ったら、母さんはお困りになるのだ、母さんは悲しそうな顔をなさるのだ、そんな気持でした。そして私は言いようのない孤独な気持で、蘆屋川に沿った道を石を蹴《け》り蹴り歩いて、駅へつくと、お友達の話しかけるのも上の空で聞きながら、待合室の木のベンチに身を持たせかけていたのです。

　こんな事は後にも先にもただの一度です。しかし、私は今この予感というものを無性に怖ろしく思います。ああ、人間はなんて嫌なものを持っている事でしょう。私が持ったこの何の根拠もない予感を、何時如何《いついか》なる時に、みどりおばさまがお持ちにならなかったと断言できるでしょうか。トランプの時、相手の心をポインターよりも敏捷《びんしょう》に嗅《か》ぎ出す事が、何よりも御自慢のみどりおばさまが。ああ、思っただけでも怖ろしい事です。でもこれは薔子の滑稽《こっけい》な杞憂《きゆう》にすぎないでしょう。総ては既に終って仕舞ったのです。秘密は保たれたのです。いいえ、秘密を保つために、母さんは亡くなられたのです。斯《こ》う薔子は信じます。

　あの忌《い》まわしい日、母さんの短いがしかし見ていられないような、あの烈《はげ》しい苦悶《くもん》が始まる直前、母さんは薔子をお呼びになって、文楽のお人形のような妙にすべすべしたお顔をなさって仰言《おっしゃ》ったのでした。

「母さんはいま毒を飲みました。疲れたの、もう生きて行くのに、疲れたの」

と。それは薔子に仰言ると言うよりも、薔子を通して神さまにでも仰言るような、不思議に澄んだ、天上の音楽のようなお声でした。前夜母さんの日記で読んだばかりの、あの、罪、罪、罪とエッフェル塔のように高く積み上げられた罪の文字が、轟然《ごうぜん》と母さんの周囲に崩れて行く音を私ははっきりと聞きました。十三年間支えて来た何層かの罪の建物の重さは、今疲れきった母さんを、押し潰《つぶ》し、押し流そうとしているのでした。その時、放心したように母さんの前にぺたんと坐《すわ》って、母さんの遠いあらぬ方を見遣《みや》っている視線を追うていた私を、突如、谷から吹き上げて来る野分のように、襲って来たものは怒りでした。怒りに似た感情でした。何ものかに対する言い知れぬ忿懣《ふんまん》の、煮え滾《たぎ》ったような熱い感情でした。私は母さんの悲しいお顔を見詰めた儘《まま》、

「そう」

唯それだけ短く他人事のようにお返事しました。お返事すると、心はさあっと、水をかけたように冷たく冴《さ》えかえって来ました。そして自分でも愕《おどろ》く程冷静な気持で立ち上ると、お座敷を横切らず、水の上でも歩くような気持で長い鉤《かぎ》の手のお廊下を渡って行き（この時でした。死の濁流に呑《の》まれる母さんの短い悲鳴が聞えて来たのは）、そして突当りの電話室に這入り、おじさまにお電話したのです。しかし、五分後にけたたましくお玄関から転げ込んでいらっしったのは、おじさまではなく、みどりおばさまでした。母さんは誰よりも親しい、そして誰よりも怖れた、みどりおばさまに手を握られたまま、息を引き取り、そしてみどりおばさまの手で白い布片を、もう辛《つら》い

事も悲しい事もお感じにならなくなったお顔の上にお載せになったのです。

おじさま、穣介おじさま。

あの最初のお通夜《つや》の晩は、この世で考え得られぬ程、静かな静かな晩でした。警察の人だとかお医者さまだとか近所の人だとかの、あの昼の夥《おびただ》しい人の出入りがぴたりと止って、夜になるとお棺の前には、おじさまとみどりおばさまと私だけが坐って、誰も話をなさらず、みんなひたひたと寄せる微《かす》かな水の音でも聞いているような具合でした。お線香がなくなる度に交代で一人が立って行っては、お線香を立てたり、お写真を拝んだり、そっと窓を開けてお部屋の空気を換えたり致しました。おじさまが一番お悲しそうでした。お線香を立てに立っていらっしゃる時、おじさまはそれはそれは静かな視線で、じいっと母さんのお写真をお見詰めになり、そして悲しそうなお顔に、誰にも解らぬような微かな笑いをお作りになるのでした。母さんはたとえどんなにお辛い一生だったとしても、やはりお倖せだったかも知れないと薔子はあの晩何回思った事でしょう。

九時頃、窓の所へ立って行った私が、突然声を上げて泣き出した事がありました。おじさまはその時立ち上っていらしって、静かに薔子の肩に手をお置きになり、暫《しば》らくそうしていらしって、何とも仰言らず又黙って座にお戻りになりましたが、あの時、薔子は母さんの死に対する悲しみがこみ上げて来て、泣いたのではありません。昼、母さんが最後のお言葉の中で、おじさまのおの字も仰言らなかった事を思い出し、それから又、母さんの一大事をおじさまにお電話した時、みどりおばさまでなくて、何故おじさまが駈《か》けつけていらっしゃらなかったのだろうか、そんな事を考えているうちに、急に何か切ない気持がこみ上げて来たのです。亡くなる最後まで、お芝居をしていなければならぬおじさまと母さんの愛情と言うものが、硝子《ガラス》の中で磔《はりつけ》になっている卦算《けさん》の花ビラのように可哀《かわい》そうに思われて来たのです。そして立上がって窓を開け、冷たい星空を見入って、声になりそうな悲しみを我慢していたのですが、ふと、あの星空の中を、今母さんの愛情が昇天しつつあると思ったら、誰にも知られず、こっそりと、星と星との間を走っているのだと思ったら、薔子はもう我慢できなくなったのです。その昇天しつつある愛情の悲しみの深さに較《くら》べれば、母さんと言う一個の人間の死の悲しみなど、較べものにならないように思えました。

お夜食のおすしのお箸《はし》をとった時、私はもう一度烈しく泣き出しました。みどりおばさまは、

「確《しっか》りなさいね、あなたの気持、私、どうして上げようもないのが辛いわ」

と静かなお声で優しく仰言いました。私が涙を拭《ふ》いて眼を上げると御自分も涙をいっぱい溜《た》めて、みどりおばさまは私を見詰めていらっしゃいました。私はおばさまの濡《ぬ》れた美しい眼を見ながら、黙って頭《かぶり》を左右に振りました。おばさまは、その時の、私の小さい仕種《しぐさ》をお気にとめなさらなかったでしょう。薔子はあの時、実はみどりおばさまが、急に可哀そうになって泣いたのです。みどりおばさまが、母さんにお供えするおすしをお皿にとり、それからおじさまの分、薔子の分、御自分の分と、四つのお皿におすしをお移しになっているのを見て居たら、急に何故か、ああ、みどりおばさまが一番お気の毒な方なのだと、そんな気持が嗚咽《おえつ》となって突き上げて来たのです。

薔子はあの晩、もう一回泣きました。それは、おじさまおばさまに、明日が大変だからとすすめられて、次の間のお床の中へ這入《はい》ってからです。お床へ這入ると、一旦《いったん》は昼の疲れで直《す》ぐ眠りましたが、寝汗をびっしょりかいて眼を覚しました。違い棚の時計を見ると、一時間程経《た》っています。お隣のお棺のあるお部屋は、先刻と同じようにしいんとして、時々、おじさまがライターをお使いになる音以外、何の物音も聞えないのです。半時間程経った頃、

「暫く休んだら？　僕が起きている」

「いいわ、あなたこそ」

斯う言う、おじさまとおばさまの、短い会話が聞えましたが、それはそれだけで、又もとの静けさに返り、何時《いつ》まで経ってもその静けさは破られませんでした。薔子はお蒲団《ふとん》の中で三度目に烈しく泣きじゃくりました。今度の薔子の泣き声は、おじさまにもみどりおばさまにも聞えなかった事でしょう。この時薔子は何もかもが淋しく悲しく怖ろしくなったのです。もう仏さまになっていらっしゃる母さんと、おじさまと、それからみどりおばさまの三人が、一つのお部屋に坐っていらっしゃる。そして三人が思い思いのお考えを持って、黙って坐っていらっしゃる。薔子には大人の世界が、堪《たま》らなく、淋しく悲しく怖ろしいものに思えて来たのです。

おじさま、穣介おじさま。

とりとめなくいろいろの事を書いて参りました。これから申し上げる薔子のお願いを、是非おじさまに解って戴こうと思って、出来るだけ薔子の気持をありのままに記して参りました。

お願いと申しますのは、他でもありません、薔子は再びおじさまにも、おばさまにも、お目にかかりたくないのです。もう日記を見る前のように、無邪気におじさまに甘える事も出来ませんし、無心にみどりおばさまに、我儘《わがまま》を申し上げる事も出来ません。母さんを押し潰した罪の文字の散乱している中から、薔子は出て行きたいのです。これ以上もう何も申し上げる元気はありません。

蘆屋のこの家の事は、明石《あかし》の親戚《しんせき》の津村のおじさんにお任せして、薔子は一先《ひとま》ず明石にかえり小さい洋裁店でも開いて、自分で自分の生活を立てて行きたいと思います。何もかもおじさまに御相談するようにと、母さんの私宛《あて》の遺書にもありましたが、母さんも現在の薔子を御存じでしたら、斯うは御命令にならなかったと思います。

母さんの日記は今日お庭で焼きました。一冊の大学ノートは、一握り程の極く少量の灰になり、お水をかけようとバケツを取りに行っている間に、小さい旋風が、枯葉といっしょに何処かへ持って行って仕舞いました。

別便で、母さんのおじさま宛のお手紙をお送りいたします。これはおじさまが東京へお発《た》ちになった翌日、母さんの机の中を整理していた時発見したものです。

## みどりの手紙

三杉穣介様

斯《こ》う改まって貴方《あなた》のお名前を認《したた》めると、年甲斐《としがい》もなく（と申しましても、私はまだ三十三でございます）まるで恋文でも綴《つづ》るように心がときめいて参ります。考えると、私はここ十年程の間に、時には貴方にこっそりと、時にはおおっぴらに何十本かの恋文を書いて参りましたが、その中についぞ一本も貴方宛《あて》のものがなかったと言う事は、一体これはどうした事でございましょう。冗談でなく真面目《まじめ》に考えて、自分に何か割り切れない不思議な気持が致します。貴方、この事可笑《おか》しくお思いになりません？

いつか高木さんの奥さん（貴方も御存じでしょう、おめかしなさると狐《きつね》のようなお顔になる）が、阪神間のお歴々の人物批評をなさった事がありましたが、その時、貴方の事を、女にとっては面白くない方、女の心の細かい綾《あや》など解《わか》らない方、女に惚《ほ》れても、まあ女からは一生惚れられない方、と甚だ失礼な断定を下した事がありました。これは勿論《もちろん》、高木夫人の少々ほろ酔い機嫌の上での失言で、左程気になさる事は要りませんが、しかし又、確かに貴方にはそんな所がありましてよ。大体貴方は孤独と言うものに御縁がない。淋しがりやのところがちっともない。つまんなそうなお顔はなさっても、淋しそうなお顔はなさらない。それから物事を妙に割り切ってお考えになり、いつも御自分の考えが一番正しいと信じ切っていらっしゃる。自信のおつもりかも知らないけど、見ていて妙に揺すぶってやりたくなる。まあ一口に言えば、女にはやりきれない、人間の面白みというところのちっともない、惚れて上げても一向に惚れて上げ甲斐のない殿方と言う事になりそうです。
だから私が私の何十本かの恋文の中に、貴方宛のものがただの一本も混じっていないと言う事に対する、妙に割り切れない気持なんて、これを解って戴《いただ》こうとやきもきするこちらの注文の方がもともと無理なのかも知れません。それにしても、私には実際この事が不思議に思われるのです。せめて一本や二本、貴方宛の恋文があってもよさそうでございます。尤《もっと》もこれも考えようで私の恋文も貴方宛ではないが、みんな貴方に差し上げるような気持で認めたものであるとすれば、受け取る方こそ違え、私自身の気持の上にはそこに大した開きはない事かも知れません。生れつきのはにかみやで、幾つになっても初《う》心《ぶ》な小娘のように、旦那《だんな》さまに甘いお手紙が書けなかっただけのこと、平気で書ける他の殿方に、旦那さまに代ってせっせと恋文を書いて差し上げる仕儀になって仕舞ったようでございます。これもまあ星廻りとでも言いますか、私の持って生れた不運でございました。と同時に、貴方の不運でもありました。

いかにしておはすらむものか寄らばもし
たかき静謐《しじま》の崩れむものを

これは昨年の秋、書斎にいらっしゃる貴方の事を思って、その時の気持を歌の形に綴ったものでございます。貴方が李朝《りちょう》の白瓷《はくじ》か何かと睨《にら》めっこしていらっしゃる御静境を毀《こわ》すまい、と言うより毀したくても結局は毀す術《すべ》を知らない（ああ、貴方はなんと八方すきなしの、かんかちこの、やり切れない砦《とりで》でございますこと）可哀《かわい》そうな妻の心のほどを盛った歌でございます。嘘《うそ》つけ！　と貴方はお考えでしょう。徹夜あけの麻雀《マージャン》はやっていましても、離れのお書斎の方へちらちらと気持を動かすぐらいの余裕は、わたくし、持ってでございます。尤も、この歌にしても、結局は哲学青年の、と申しましてもこの春大学の講師から助教授へとめでたく一本にはなりましたが、その田上さんのアパートの机の上にそっと置いて参り、貴方も御存じのように、徒《いたず》らに若きプロフェッサーの精神の高き静謐を毀す結果になったようでございます。あの時は赤新聞のゴシップ欄に私の事が出て、貴方には少々御迷惑をおかけいたしました。見ていてちょっと揺すぶってやりたい、と先刻申し上げましたが、この小事件も、少しなりとも貴方を揺すぶることが出来ましたか、どうか。

さてこんな事をつべこべお喋《しゃべ》りしていましても、所詮《しょせん》は貴方の御不快を増すばかりでございます。肝心の本論に入る事に致しましょう。

貴方はいかがお思いでしょうか。私たちの名ばかりの夫婦と言う関係も、考えてみますともう随分長いことになります。ここらで大きいピリオドをぽつんと一つ打ち、いっそさばさばなさりたいお気持はお持ちではないでしょうか。悲しい事には違いありませんが、貴方に格別の御異存がないようなら、いかがでしょう。貴方も私もお互いに天下晴れて自由になる方法を講じましては。

お仕事も各方面の第一線より御勇退遊ばすこの際（追放実業家の中に、貴方のお名前があったことは、ほんとに、意外でございました）私たちの不自然な関係を清算いたす事も、貴方にとりましたら今が一番いい機会ではないかと存じます。簡単に私の希望を申します。宝塚の別荘と八瀬の別荘を頂戴できれば、私はそれで充分でございます。八瀬のお家は大きさも手頃ですし、周囲も私の気分に合って居《お》りますので、其《そ》処《こ》を住居とし、宝塚の方は二百万円程で人手に譲り、そのお金で余生を生活して参りたいと、先頃からいろいろと自分勝手な計画を樹《た》てて居ります。謂《い》わば、これが私の、我儘《わがまま》の最後の仕納めでもあり、未《いま》だ曾《かつ》て一度も貴方に甘えた事のない私の、後にも先にもたった一回のおねだりでございます。

こんな申し出を突然いたしましても別段現在のところ私は愛人と申すような気の利《き》いた相手は一人も持って居りません。従って私が誰かにお金を捲《ま》き上げられるだろう、と言うような御懸念《ごけねん》は御無用で御座います。これまでだって、私は愛人として自分に恥じないような相手は残念ながら一人も発見いたして居りません。襟足の手入れが行き届いてレモンの切口のようにすかあっとして居り、腰の線が羚羊《かもしか》のように清潔でしかも逞《たくま》しい、このたった二つの条件すら満足に具《そな》えた男性はそうざらに転がっては居りません。残念ながら、その昔一人の新妻が背の君に心惹《ひ》かれた最初の悦《よろこ》びは、十年の今日に至るもこのように強いものでございます。羚羊と言えば、何時《いつ》かシリア沙漠《さばく》の真中で、羚羊の群れと一緒に生活していた裸体の少年が発見された事が新聞に出て居りました。ああ、あの写真の美しかったこと。蓬髪《ほうはつ》の下の横顔の冷たさ、時速五十マイルを走ると言うすんなりと伸びた双脚の魅力！　いま思ってもあの少年にだけは、異様な血潮の高鳴りを覚えます。知的とはああ言う顔、野性的とはああ言う姿態を言うのでございましょうか。

あの少年をかいま見た眼には、もうどんな男性もなべて通俗でひどく退屈のようでございます。貴方の妻にかりそめにも不貞な心の火花が散った時があったとしたら、まあ羚羊少年に心惹《ひ》かれた時ぐらいでございましょうか。あの少年のひきしまった皮膚が沙漠の夜露に濡《ぬ》れた時を想像すると、いいえ、それよりあの少年の持った稀有《けう》な運命の清冽《せいれつ》さを思うと、今でも私の心は狂おしく波立って参ります。

一昨年頃、新制作派の松代に、わたくし、熱を上げた時期がございます。あの件でも人の噂《うわさ》をそのままお取りになったら、私、いささか迷惑いたします。あの頃、私を御覧になる貴方の眼には、確かに憫《あわ》れみに似た妙に悲しい光がありました。憫れんで戴く何事もなかったのに！　それにしてもあの頃の貴方の眼にはちょっと心惹かれました。羚羊少年には及ばないとしても、ともかく素敵でございましたわ。あんな素敵な眼をなさるくせに、何故その視線をちらっと動かしては下さいませんでしたの。お強いばかりが能ではございません。あれでは陶器を見詰める眼ではございませんの。だから、わたくし、古九谷のようにつんと冴《さ》え返って仕舞い、無性に何処《どこ》かで斯うじっと静かに坐《すわ》っていたくなって、松代のうそ寒いアトリエに出掛けてモデルになってやったりしたので御座います。しかし、それはそれとして、私は今でもあの人の建物の見方は買って居りますの。少々ユトリロまがいの点はあるにしても、しょうもないビルを描いて、あれだけ近代的な憂愁感（それも極く淡く）を、一つの情感として沈め得る画家は、今の日本ではやはり珍しいと思いますの。でも、人間は駄目。落第。貴方を百点とすると、さしずめ六十五点。才気はあっても何処か汚れて居り、顔も整ってますが、惜しいことに品というものがございません。パイプなど銜《くわ》えるとむしろ滑稽《こっけい》、作品にいいところばかり吸いとられてしまった二流芸術家の俗物の顔でございます。

それから昨年の初夏の頃でしたか、農林省賞典レースの優勝馬ブルーホマレの騎手の津村を可愛《かわい》がったことがございます。あの頃も貴方の眼は、憫れみと言うより、むしろ冷たい軽蔑《けいべつ》で意地悪く光って居りました。私、初めお廊下ですれ違う時など、窓の外の青葉が貴方の眼を青く見せているのかと思っていましたが、後になってそれはとんでもない思い違いである事に気が付きました。ほんとに迂闊《うかつ》で御座いました。それと解っていましたら、私は私で貴方に投げる視線に、冷たくあれ、暖かくあれ、多少の心準備も御座いましたのに！　なにしろあの頃はスピードの美しさだけが私の全感覚をしびれさせている最中ですもの、貴方の中世的な感情表出の方式は、凡《およ》そ私の感性とは無縁なものでございました。でも、せめて一度は、貴方にも秀抜無類なブルーホマレの背にしがみついて十何頭かの競走馬を直線の追込みで次々に交して行く、津村の清潔な闘志をお見せしたかった。貴方だって、あの真剣ないじらしい生き物（勿論ブルーホマレではなく津村のことです）の瞬間の姿態を眼鏡の中からお覗《のぞ》きになったら結構血道を上げましてよ。

二十二歳の、あの少々不良がかった少年は、私が眼鏡の中から覗いていると言うだけのために、無理やりに記録を二回も更新しているのです。私はああした情熱の形態を見たのは初めての経験でした。私に褒められたい一心に、あの少年は褐色の雌馬の上できれいさっぱりと私の事は忘れて、ただもうスピードの鬼になって仕舞うのです。

私は私のスタンドにおける愛情（やはり愛情の一種でございましょう）が、あんな水のような澄んだ情熱で、二二七〇メートルの楕円形《だえんけい》に大きく攪拌《かくはん》されて行くのを見るのは、確かにあの当時の最大の生き甲斐でございました。御褒美《ごほうび》に戦争生き残りのダイヤ三個与えてもさらさら惜しいとは思って居りません。でも、あの少年騎手のいじらしさとてブルーホマレの背にある時だけのこと、地上に降り立てば、お珈琲《コーヒー》の味も満足には解らない河童《かっぱ》の少年でございます。さすがに馬の背で鍛えた命知らずの向う見ずの闘志は、文士の妹尾や左翼くずれの三谷を連れて歩くより多少の張合いはありましたが、それとても、ただそれだけのこと。だから結局、やはり私が可愛がってい た少々唇がむくれ上った十八のダンサーとの仲をとりもって、結婚式まで挙げさせてやったのでございます。

お喋りが弾んで、ついお話が横道にそれましたが、勿論、わたくし洛北《らくほく》八瀬に引っ込んだからと言って、まだまだ御隠居するにはいささか未練がありますの。そのまま行ないすます気は毛頭ございません。窯《かま》でも築いて、お茶碗《ちゃわん》でも焼くのは今後の貴方の方にお譲りすることにして私は彼処でお花でも造る事に致しましょう。四条に出せば相当収益が上るらしゅう御座います。ばあやとねえやと、それに心当りのお連れのお嬢さん二人、これだけでカーネーションの百本や二百本は咲かせる事は出来そうでございます。当分は男禁制、男臭いお部屋の空気には少々倦《あ》きております。ほんとで御座います。今度こそ新規まき直しに私の本当の幸福を発見するつもりで生活の設計を真面目に考えて居ります。

さて、突然こんなお別れの申し出をして、お驚きかも知れませんが、いいえ、それどころか、寧《むし》ろ今まで斯うした申し出のなかった事に、常々、御不審の筈《はず》でございます。私も今考えまして、よくまあ貴方と十何年間も、斯うした生活が続けて来られたと、過去を振り向いて今更ながら感慨無量でございます。ある程度は私も不行跡なマダムのレッテルは貼《は》られて参りましたし、お互いに変った夫婦だぐらいの印象は他人様《ひとさま》に与えて来たかも知れませんが、まあまあ、世間体は大きな破綻《はたん》もなく、時には仲よく結婚のお仲人《なこうど》までして、此処《ここ》まで辿《たど》りついて参りました。この点は貴方にも充分褒めて戴く資格はあろうかと存じますが、如何《いかが》でしょうか。

お別れの手紙を書くと言うのは何と難しい事で御座いましょう。めそめそするのも嫌、余りはきはきするのも嫌。お互いに傷つかない綺麗《きれい》なお別れの申し出をしたいのですが、どうも変なポーズが文章の上に出て参ります。どうせお別れの手紙なんて、誰が書いても美しい手紙にはならぬもので御座いましょう。それなら、いっそ、お別れの手紙らしく、つんとした冷たい手紙をお書き致しましょう。貴方が常々冷淡になさっている上に、なお冷淡になさるような、思い切ってお嫌な手紙を書く事をお許し下さいませ。

昭和九年二月の事で御座います。確か朝の九時頃、熱海《あたみ》ホテルの二階の一室から真下のきり岸の上を、灰色のお洋服を召した貴方《あなた》がお歩きになっていらっしゃるのを見た事が御座います。遠い遠い昔の、夢のように霞《かす》んだある日のお話で御座います。心お騒がせなくお聞き下さいませ。直《す》ぐ貴方の後からついていらしった丈高き美しい女人の、納戸《なんど》に薊《あざみ》の花がぱあっと浮き出たお羽織が、なんと痛く目にしみた事で御座いましょう。私は自分の予感が、斯《か》くもぴったりと適中するとは思いませんでした。その予感を確かめる為《ため》に、一睡もしないで、前夜の夜行に揺られて来たので御座いました。古い文句ですが、夢なら覚めてと思いました。その時私は二十歳（現在の薔子さんと同じ年）で御座いました。人生の西も東もてんで解《わか》っていない新妻の身には、少しばかり強すぎる刺戟《しげき》で御座いました。私は直ぐボーイを呼んで、不審気なボーイにその場を繕ってお勘定をすませると、寸時でもその場にじっとしていられない気持で戸外へ飛び出しました。そしてホテルの前の舗道に暫《しばら》く立ちつくし、灼《や》きつくように熱い胸の痛みをはがいじめにしながら、海の方へ降りて行こうか、駅の方へ行こうか、一寸ためらいました。そして一旦《いったん》海への道を降りかけましたが、半町も行かないうちに又立ち止りました。チューブから搾《しぼ》ってなすり附けたようなプルシャン・ブルーの、真冬の、陽に輝いた海の一点を見詰めた儘《まま》立っていましたが、くるりとそれに背を向け、思い返して反対の駅の方へ道をとりました。思えばその道がはるばると、今日此処まで続いて参りました。あの時貴方がたのいらっしゃる海岸の方への道を降りて行ったら、恐らく違った今日の私を発見していた筈で御座います。でも幸か不幸か、私はそう致しませんでした。今思えば、あの時が私の人生では一番大きな岐路であったと思います。

何故あの時、私は海への道を降りて行かなかったでしょう。ほかでも御座いません。自分より五つ六つ年長の、その美しい女人の方に、彩子お姉さんに、私は人生の経験でも、知識でも、才能でも、美貌《びぼう》の点でも、心の優しさでも、お珈琲茶碗の持ち方でも、文学のお話でも、音楽の聞き方でも、お化粧の仕方でも、なべてありとあらゆる事に、自分が到底及ばないと言う気持が、どうしても動かせなかったので御座います。ああ、この謙譲！　純粋絵画の曲線でしか現わし得ない二十歳の新妻の謙譲！　秋口の冷たい海に浸る時、少しでも身体を動かすと冷たさが強く感じられるので、じっと身体を動かさないでいる経験をお持ちでしょう。あのように私は身動きする事が怖かったので御座います。貴方が私を騙《だま》すなら、私も貴方を騙してやろう、斯《こ》うした天晴《あっぱ》れな決心を持ったのはずっとずっと後の事で御座います。

三の宮駅の二等待合室で、貴方と彩子さんが下りの急行をお待ちになってた事があります。熱海ホテルの時から一年程した時の事でしたかしら。私はその時、花のような修学旅行の女学生の一団の中に挟まれたまま、その二等待合室に入ろうか入るまいか、思案していたので御座います。又彩子さんの家の前で、カーテンの隙間《すきま》からやわらかい電気の洩《も》れている二階を見上げながら、貝殻のようにぴたりとかたく蓋《ふた》をした御門の前で、呼び鈴に指をかけようかかけまいかと、何時までも立ちつくしていた虫の音の高い夜の記憶も、今もまざまざと私の瞼《まぶた》のうちに捺《お》されてあります。それもやはり、三の宮の駅のことと同じ頃の出来事だったかと思いますが、それにしても、一体、春だったでしょうか、秋だったでしょうか。そんな記憶に限って、何時も季節の感覚は脱落して居ります。それからまだまだどっさりありましてよ、貴方がお唸《うな》りになるような事が。――しかし結局私はなんにも致しませんでした。あの熱海ホテルの時でさえ、自分は海への道を降りて行かなかったではないか、あの時でさえ、あの時でさえ――ふとあの苦しかったプルシャン・ブルーの、ぎらぎらした海の一角が目に浮んで来ると不思議なことに、その瞬間まで、辛うじて狂うのを押えつけていた灼け爛《ただ》れたような心の痛みは、薄紙を剝《は》がすように、次第に鎮《しず》まって来るので御座いました。

しかし私にとってそうした狂わしい一時期もありましたが、私たちの間は万事至極結構に、時が解決してくれたようで御座います。熱した鉄片が冷却するように、貴方が冷たくおなりになると負けずに私が冷たくなり、私が冷たくなると、更に貴方の方が輪をかけて冷たくなると言った具合で、今日のように見事な、睫《まつげ》が凍った時のあの感触の、ひいやりした家庭が出来上りました。家庭、いいえ、そんな生暖かい人間臭いものではございません。城砦《じょうさい》と呼んだ方が、まだしも適切であることは、貴方も御賛成下さることと存じます。思えば十何年この城砦に立てこもって、貴方は私をお騙しになり、私は貴方を騙して来たようで御座います（貴方の方がお先です）。なんて人間は悲しい取引をするもので御座いましょう。私たちの生活はすべてこの二つのお互いが持っている秘密の上に打ち建てられたので御座います。私の数々の目にある振舞を、貴方は時には蔑《さげす》んだ、時には不快な、時には悲しいお顔をなさりながらも知らん顔していらっしゃいました。私はよく浴室から、ねえや煙草《たばこ》を持って来てと大声を出しました。外出先から帰るとハンドバッグから映画のプログラムを取り出し、それではたばたと胸に風を入れました。お座敷でも廊下でも所構わずウビガンの粉を撒《ま》き散しました。電話の受話器を置くとワルツのステップを踏みました。宝塚のスターたちを招《よ》んで御馳走《ごちそう》し、その中に挟まってお写真を撮りました。丹前を着て麻雀《マージャン》をやりました。誕生日には女中たちにまでリボンを附けさせ、学生ばかり呼んで大騒ぎをしました。そうした事全部が、如何《いか》に貴方の顰蹙《ひんしゅく》を買うかぐらいはよく知って居りました。しかし一度も、貴方は私の行為をきびしくはお咎《とが》めにならなかった、なり得なかった。従って、私たちの間にはなんのいさかいも起らなかったのです。そして城砦はそのままの静けさを保って、そこに立ちこめる空気だけが唯一途《ただいちず》に、沙漠の風のように、ざらざらと妙に冷たく荒れて行ったのです。猟銃で雉《きじ》や山鳩《やまばと》をお狙《ねら》いになるくせにどうして私の心をお射《う》ちになれませんでしたの。どうせお騙しになるのなら、何故もっとむごく、とことんまでお騙しになりませんでしたの。女は男の噓《うそ》によっても、結構神にまでなれるもので御座いますのに。

しかし十何年間、私が斯うした生活に堪《た》えて参りました事も、今にして思えば、私たちの取引にもやがて結末がある。何かが来る、何ものかがやって来る！　そんな期待が、微《かす》かに、しかし執拗《しつよう》に、私の心のどこかにひそんでいたからかと思います。その結末がいかなる形でやって来るか、私にはただ二つの場合しか考えられませんでした。いつの日か、ふと貴方の胸に寄り添って、静かに目をつぶって立つか、でなかったら、貴方の胸に、貴方からいただいた埃及《エジプト》土産のペンナイフを力いっぱい血が噴きだすまで突きとおすか。

一体、そのいずれの形の結果がやってくることを、私は望んでいたとお思いです？それは、ほんとのところ、私にも解らないのです。

そうそう、もう五年程前になりますか。こんなことがありました。覚えていらっしゃいますかしら。確か南方からお帰りになってからの事だったと記憶して居《お》ります。私がお家を二日程空けて、三日目に、昼日中から少々酔っ払って、足許《あしもと》をふらつかせながら帰って来たことが御座います。東京へ御出張とばかり思っていた貴方は、どうしたのか、もうちゃんとお帰りになっていて茶の間でお一人で銃の手入れをなさって居りました。私は、ただいまと一言いっただけで、縁側に出てソファに腰を降すと、貴方に背を向けて、冷たい風に当りました。縁側の硝子戸《ガラスど》の一部が、軒先に立てかけてある戸外食卓の天幕の加減で、鏡のように室内の一部を映していて、銃身を白い布で拭《ふ》き上げていらっしゃる貴方のお姿も映っていました。遊び疲れた後の、神経のいらいらした、そのくせ指一本も動かすのが嫌な物憂《ものう》い気持に落ち込んだまま、私は見るともなしに、硝子に映っている貴方の動作に眼を遣《や》って居りました。銃身をきれいに拭き終り、これもきれいに磨き上げた遊底をはめ込むと、貴方は二、三回銃を上げ降しして、肩に構える恰好《かっこう》をなさっていましたが、そのうちにぴたりと、銃が肩に構えられたまま動かなくなったと思うと、貴方は片眼を軽くつぶって照準なさっているのでした。ふと気付いてみると、銃身ははっきりと私の背に向って居ります。

私をお射ちになる気かしら。弾丸はこめられていなくても、この瞬間、貴方に殺意があるかどうかを見ることは、私にはなかなか興味ある見もので御座いました。私は知らん顔して眼をつぶりました。肩先を狙っていらっしゃるのか、それとも後頭部か、襟あしかしら。カチリと引金の音が静かな部屋の空気の中に冷たく響くのを、今か今かと待って居りました。が、しかし、引金の音はいつまで経《た》っても響きませんでした。もしカチリと音がしたら、その瞬間私はその場に昏倒《こんとう》するお芝居を、何年かぶりで巡って来た一つの生き甲斐《がい》のような気持で、心の中で準備していたので御座います。

しびれを切らして、そっと眼を開けてみると、貴方は依然として私に照準していらっしゃいます。私は暫くそうして居りましたが、急になぜか、ひどく莫迦《ばか》らしい気持になって、少し身を動かし、鏡の中でない本当の貴方の方に眼をやった時、貴方はすうっと銃口を私から横に反らし、天城《あまぎ》から移植して初めてその年花をつけた庭の石楠《しゃくな》花《げ》に照準すると、その時、漸《ようや》くカチリと引金の音が響いたのでした。どうしてあの時、不貞な妻をお射ちにならなかったのです。あの時は射たれてもいい資格は私、持っていたようで御座います。充分殺意を持っていらしって、到頭引金をお引きにならなかった！　もし貴方が引金をお引きになったら、私の不貞をお許しにならなかったら、憎悪《ぞうお》をはっきりと私の心臓の中に射ち込みなさったら――私は、案外、素直に貴方の胸の中に倒れこんだかも知れないのです。あるいはその反対に、今度は私の方で射撃のお手並を貴方にお見せする結果になったかも知れないのですが。いずれにせよ、そうなさらなかったから、私は身代りの石楠花から眼をそらすと、必要以上にふらつかせた足どりで「巴里《パリ》の屋根の下」か何かを口ずさみながら、私のお居間に引き上げて行ったので御座います。

しかし、その後、そうした結末へのきっかけもないままに、何年かが過ぎて参りました。今年の夏はお庭の百日紅《さるすべり》の花の色が、今までになく毒々しく赤《あこ》うございました。何か変ったことでもあるかも知れない微かな、期待に似た気持はございましたが――。

私が最後に彩子さんのお見舞に伺ったのは、彩子さんの亡《な》くなる前日のことでした。その時、私は思いがけず十何年振りで、あの熱海《あたみ》の朝のぎらぎらした光線の中で、悪夢のように私の網膜に灼きついた、紛れもないそれと同じ納戸のお羽織を、再びそこに見たのです。紫の薊の花がくっきりと大きく浮いて、少し窶《やつ》れた貴方の大切な方の弱々しい肩に、それは重そうにかかっていました。私はお部屋に這入《はい》って坐《すわ》ると同時に、まあ、お綺麗ねと言って、それから気持をしずめようとしたのですが、この人はどんなつもりで現在私の前でこの羽織を着ているのか、斯う思った途端、自分でも制御できない熱湯のような血潮のざわめきが全身にざわざわと感じられて参りました。私はもう、いかなる自制も無力であることを知りました。ひとの夫を奪った女の不逞《ふてい》と二十歳の新妻の謙譲は、何時《いつ》かは裁きの庭に並んで引き出されねばならなかったのです。その時は来たようです。私は十何年間ついぞおくびにも出さなかった私の秘密を取り出して、薊の花の前に静かに置きました。

「思い出のお羽織ね、これ」

えっと、聞えるか聞えないくらいの短い叫び声を上げて、あの方がこちらに顔をお向けになった時、私はその眼にぴたりと視線を合せました。そして、決して私はその視線を外しませんでした。なぜならそれは当然あの方の方から外さねばならぬものであったからです。

「三杉と熱海にいらしった時、これお召しになっていたでしょう。ごめんなさいね。私、見ていましたの、あの日」

果して見る見るうちに、あの人の顔から血の気が失《う》せて、何か言おうと口の周囲の筋肉を醜く——実際私はそう感じました——動かし乍《なが》ら、結局は一言も言う事ができず、顔を俯伏《うつぶ》せになさり、そのまま膝《ひざ》の上の白い手に視線を落しました。

この時、私は、十何年、いまこの瞬間のために生きて来たのだという事を、シャワーに打たれているような爽快《そうかい》さで、ふと感じました。そして心のどこか他の部分では、二つの結末のうちの一つが、いまやはっきりした形をとって、こちらにやって来つつあるのを、一種言いようのない悲哀の感情で思い浮べて居りました。随分長いこと、そうしていました。私は根を生やしそこに坐っていればいいのです。さぞ、お消えになりたかったでしょう。あの方！　そのうちに、あの人は何を思ったのか、蠟《ろう》のような顔を上げて、今度は静かに私をじっと見詰めなさったのです。その時私はこの人は死ぬだろうと思いました。死はこの瞬間あの人の身体に飛び込んだのです。でなくて、あのような静かな眼は出来るものではありません。庭が暗く陽かげり又急に明るくなり、それまで聞えていたお隣のピアノの音がぱたりと止《や》みました。

「いいの、私、何とも思っていませんの、改めてお上げしますわ、あの人！」

そう言って立ち上ると、それまで縁側に置いたなりにしてあったお見舞の白い薔薇《ばら》をとって来て、書棚の上の水差しに挿し、一寸形を直し、それからもう一度項垂《うなだ》れている彩子さんの細い襟足に視線をおとし、恐らくこの人を見るのは是《これ》が最後だろうと思いながら(何と言う怖《おそ》ろしい予感でしょう)私は言いました。

「ちっとも気になさらなくともいいんですの。私だって貴女《あなた》を十何年も騙していたんですもの。どっこいどっこいだわ」

そして思わず、ふふっと、声に出して笑いました。それにしても、なんという見事な沈黙だったでしょう。初めから終りまで、ただの一言も口に出さず、呼吸までとめて仕舞ったような静かさで、あの人は坐っているのでした。審判は終ったのです。何をなさろうと、あとはあの方の御自由です。

それから私は自分でもそれと解《わか》る程鮮やかな裾《すそ》さばきで、さっとお部屋を出たのです。

みどりさん！　とその日初めてのあの人の声が背後に聞えましたが私はそのまま廊下を曲りました。

「まあ、おばさま、お顔真蒼《まっさお》よ」

廊下で、お紅茶を運んで来た薔子さんに注意されて初めてその時、自分の顔も血の気を喪《うしな》っているのを知りました。

私がいま貴方とお別れしなければいられない気持、と言うより貴方が私とお別れせずにはいられない気持がお解りの事と存じます。いろいろ長々と失礼な事を認《したた》めて参りましたが、十何年間の悲しい私たちの取引はまさしくいま終幕に来たようで御座います。私の申し上げたい事は大体これでつくしたと思います。出来ましたら伊豆《いず》御滞在中に離婚御承諾の御返事を戴《いただ》けたらと存じます。

ああ、そうそう。最後に珍しいニュースお知らせ致しておきます。私、今日何年か振りで、ねえやに代って離れのお書斎のお掃除致しました。落着いたいいお書斎である事に感心致しました。長椅子《ながいす》も掛けよう御座いますし、書棚の上の仁清《にんせい》の壺《つぼ》も、あそこだけ花でも燃えているようにいい効果で御座います。このお手紙はそのお書斎で認めました。ゴーギャンはお部屋の感じからして一寸《ちょっと》うつりませんし、それに出来たら、私が頂戴《ちょうだい》して八瀬のお家に飾りたいと思いますので、勝手に取り外しまして、代りにブラマンクの雪景を掛けて置きました。それから洋服簞笥《だんす》の中も入れ替えて、冬のお洋服三着、それぞれ私の好みでネクタイを配して置きました。お気に召しますか、どうか。

## 彩子の手紙（遺書）

貴方《あなた》がこのお手紙をお読みなさる時は、私はもうこの世にはいないのです。死と言うものがどう言うものか存じませんが、とにかく、私の悦《よろこ》びも苦しみも悩みも、もうこの世には存在していない事だけは確かです。貴方の事を考えるこんな沢山の思いも、薔子を取りまいて後から後から湧《わ》き出て来るこの思いも、もうこの地球上からは消えてなくなっているのです。私の肉体も私の心も、なんにもなくなっているのです。

それにも拘《かかわ》らず、私が死んでそんなになってから、何時間もあるいは何日も経《た》って、貴方はこのお手紙をお読みなさる事でしょう。そしてこのお手紙は、現在生きている私が持っている数々の思いを、その時貴方にお伝えする事でしょう。生きている私となんにも変らず、このお手紙は貴方に貴方のまだ御存じでない私のいろいろの考えや思いをお話する事でありましょう。そして貴方は生きている私とお話なさるようにこのお手紙の中の私の声に耳をお傾けになり、驚いたり悲しんだり叱《しか》ったりなさる事でしょう。貴方は涙はお出しにならないでしょう。しかし私だけの知っている（みどりさんも決して御存じない）とても悲しそうなお顔をなさって、莫迦《ばか》だねえ、君は、と仰言《おっしゃ》るでしょう。そのお顔やお声までが、私には判然《はっき》り見えたり聞えたり致します。

　斯《こ》う考えますと、私は死んでも、私の生命はなお貴方がこのお手紙をお読みなさる時まで、このお手紙の中にこっそり匿《かく》れて居《お》り、貴方が封を切って最初の文字に目をお落しになった瞬間、再びいきいきと燃え上り、そして最後の文字をお読みになる時まで、その十五分か二十分の間曾《かつ》て私が生きていた時と同じように、私の生命はもう一度貴方の五体の隅々まで流れ込んで、貴方の心をいろいろの思いでいっぱいにする事でありましょう。遺書と言うものは何と不思議なもので御座いましょう。この遺書にこもる十五分か二十分かの生命だけでも、そうです、せめてこれだけでも、私は本当のものを差し上げたい気持でいっぱいで御座います。この時になって、こんなことを申し上げるのは怖《おそ》ろしいことですが、生前私はついぞ貴方に真実の私をお見せしたことはなかったようで御座います。これを書いて居ります私が、本当の私で御座います。いいえ、これを書いて居ります私だけが、本当の私で御座います。ほんとの——

　時雨《しぐれ》に洗われた山崎の天王山の紅葉の美しさは今も私の目にあります。どうしてあんなに美しかったのでしょう。私たちは駅前の有名な茶室妙喜庵の閉された古い門の屋根の下で時雨をやり過し乍《なが》ら、駅の直《す》ぐ背後から急な勾配《こうばい》をなして大きく目の前に立ちはだかっている天王山を見上げて、思わず二人ともその美しさに息を呑《の》んだものでした。十一月というあの季節の、しかももう直ぐ暮れるばかりのあの時刻の気まぐれな悪戯《いたずら》だったのでしょうか。午後になって小さい時雨が何回も何回も過ぎた晩秋のあの日の、特殊な天候の仕業だったのでしょうか、ほんとに二人でこれからその山の中腹へ登って行くのが恐ろしいくらい山全体が夢見るような多彩な美しさでした。あの日から十三年経ちましたが、あの時の雑木の紅葉の沁《し》み入るような美しさは、今もありありと蘇《よみがえ》って参ります。

あの日が私たちが初めて二人だけの時間を持った時でした。私は朝から京都の郊外を次々と貴方に引っ張り廻されて、もう身も心もくたくたに疲れて居りました。貴方もお疲れになっていらっしったのでしょう。天王山の急な細い坂道を登り乍ら、愛と言うものは執著だ。僕が茶碗《ちゃわん》に執著しても悪くはないでしょう。それなら貴女《あなた》に執著して何処《どこ》が悪いんです。もう滅茶苦茶な事ばかり仰言って居りました。それから又、こんな美しい天王山の紅葉を見たのは貴女と僕と二人きりです。二人きりで同時に見て仕舞ったのです。もう取返しはつきはしません、まるで駄々っ子の恐喝で御座いました。

その日一日、貴方から逃れようと張り詰めていた私の心が、いきなり突きとばされたように崩折れたのは、貴方のそんなたあいのないやけっぱちなお言葉でした。貴方の暴言と恐喝のとりとめのない悲しさが、ぱあっと愛される女の幸福を私の全身に花のように結晶させたのでした。

夫門田の過失をどうしても許す事の出来なかった同じ私が、自らの不貞を許すのはなんと簡単な容易な事で御座いましたでしょう。

悪人になろうと、貴方が悪人という言葉を最初お使いになったのは熱海《あたみ》ホテルでした。覚えていらっしゃいますか、風の強い夜で、海に面した雨戸が一晩中がたびしと絶えず音を立てて居りました。夜半に貴方がその雨戸を直そうと戸をお開けになったら遠い沖で小さい漁船が火事を起して、まるで篝火《かがりび》でも焚《た》いているように真赤に燃え上っているのが見えました。明らかに其処《そこ》では幾つかの人命が危殆《きたい》に瀕《ひん》しているのでしたが怖ろしさは少しも感じられず、私たちの眼には美しさだけしか映りませんでした。しかし戸を閉めると急に私は不安になりました。そして再び直ぐ戸を開けてみましたが、その時はもう船は燃えつくしたのか、海上には一点の火も見えず、暗い海面がとろんと静まって拡《ひろ》がっているだけでした。

私はその夜まで心ではまだ貴方とお別れしようと努力して居りました。しかしその晩船の火事を見た後、私の頭は妙に運命的なものに支配されて居りました。貴方が二人で悪人になろう、みどりを一生二人で騙《だま》してくれないかと仰言った時、私は何の躊躇《ちゅうちょ》もなく、どうせ悪人になるならいっそ大悪人になりましょう。みどりさんばかりでなく、世間の人全部を騙し通しましょうと申しました。そして貴方と秘密な会合を持つようになってから、私は初めて、あの晩安眠する事が出来たのでした。

あの晩誰も知らないうちにめらめらと燃えて仕舞った海上の船の中に、私は貴方と私との、もうどうにも出来ない愛情の運命を見たような気がしたのです。今この遺書を認《したた》めながらも、私の目には夜目にも鮮かなあの船火事の情景が浮んで参ります。あの夜、私が海上に見たものは、あれこそ、女のいのちの、刹那《せつな》的な現世的な切ない身《み》悶《もだ》えの姿であったに相違ありません。

しかし斯うした追憶に思い耽《ふけ》っていても始まりません。斯うしたことに始まる十三年の歳月は苦しみも悩みも多う御座いましたが、やはり私は誰よりも幸福であったと思います。貴方の大きい愛情に絶えず揺られ、労《いたわ》られ、寧《むし》ろ倖《しあわ》せ過ぎるくらいの倖せで御座いました。

昼間、私は日記をばらばらとめくってみました。其処には死と罪と愛と言う文字がやたらに多く目につき、今更ながら私と貴方との辿《たど》って来た歳月の容易でない事を思い知らされた気持でしたが、大学ノート一冊の日記の重さは掌の上に載せてみるとやはり幸福の重さでした。罪、罪、罪と絶えず罪の意識に捉《とら》われ、みどりさんに解《わか》った時は死ななければならぬ、みどりさんに知れた時は死んでお詫《わ》びしようと、毎日毎日死の幻影と睨《にら》めっこしていましたが、またそれだけに自分の持っている幸福は掛替えなく大きいものだったので御座います。

ああ、斯うした私以外にもう一人の私（気障《きざ》な言い方とお思いでしょうが、斯う言う以外どう言い現わしていいか解りません）が居ようとは誰が想像出来たでしょう。そうです。私と言う女の中には自分でも知らないもう一人の私が棲《す》んで居りました。貴方も御存じない夢にも想像出来ないもう一人の私が居りました。

何時《いつ》か貴方は、人間は誰も身体の中に一匹ずつ蛇を持っていると仰言った事がありました。京都の大学の理学部の竹田博士にお会いにいらしった時の事です。貴方が博士と御面会になっていらっしゃる間、私は陰気な赤煉瓦《れんが》の建物の長い廊下の片隅で、其処に陳列してあるケースの中の蛇の標本を一つ一つ見て時間を潰《つぶ》して居りました。半時間程して貴方がお部屋から出ていらっしった時は、私はお蔭《かげ》で少々蛇にあてられて気分が悪くなって居りました。その時貴方は冗談に其処にある標本を覗《のぞ》き込んで仰言ったものでした。これは彩子、これはみどり、これは僕、みんな人間は一匹ずつ蛇を持っている、大して怖がるには当らないよと。みどりさんのは南方産の小さいセピア色の蛇で、私のと仰言ったのは、これも小さいが真白い斑点《はんてん》が全身を埋め、頭だけが錐《きり》のように鋭く尖《とが》っている濠洲《ごうしゅう》産の蛇でした。あれはどう言うおつもりで仰言ったのでしょうか。貴方にその後その事についてお話した事はありませんでしたが、あの時のお話は妙に胸にこたえて記憶され、その後でも時々、人間の持っている蛇とは何であろうかと、一人で考える時がありました。ある時は我執、ある時は嫉妬《しっと》、ある時は宿命でありましょうかと。

その蛇が何であるか現在でも解りませんが、しかしとにかく貴方があの時仰言ったように、まさしく私の身体の中には一匹の蛇が棲んで居りました。それが初めて今日私の前に姿を現わしたのです。私の知らないもう一人の私、これは確かにもう蛇と名づける以外どう仕様もないもので御座います。

それは今日の午後の出来事でした。みどりさんがお見舞に来て下さってお部屋に見えた時、私はずっと以前貴方が水戸から取り寄せて下すった、若い頃私の一番好きだったあの納戸《なんど》の結城《ゆうき》の羽織を着て居たのです。みどりさんは部屋にお這入《はい》りになるなり、それに眼をとめると、はっとしたように、何か言いかけておやめになり、そのまま暫《しばら》く黙って坐《すわ》って居られました。私は私の少々常軌を逸した着物の選び方に、さすがのみどりさんも呆《あき》れなすったのだと思って、半ば悪戯《いたずら》っぽい気持でわざと口を噤《つぐ》んで居りました。

　すると、みどりさんはちらりと、妙に冷たい眼をこちらに向けたかと思うと、

「これ、三杉と熱海にいらしった時お召しになっていたお羽織ね、わたし、あの日見ていましたの」

と仰言ったのです。はっと思う程思いつめた蒼《あお》いお顔で、短刀でも突き刺すような言葉の感じでした。

　咄嗟《とっさ》には私はそのみどりさんの言葉が何を意味しているか、理解することは出来ませんでした。しかしやがて、その言葉の意味の重大さがちかりと私の脳裡《のうり》にひらめくと、私はただなんとなく着物の前を合せ、それからそれも、そうしなければ不可《いけ》ないような気持で、居ずまいを直したのでした。

　この人は何もかも知っていたのか、あんな遠い昔から！

　不思議に、私は夕暮の海で、遠くから潮が満ちて来るのを見ているような静かな思いでした。ああ、貴女は知っていらしったのね、何もかも知っていらしったのね、と

手を取って労って上げたいような気持でした。あんなにそれの来るのを怯《おび》え怖れていた瞬間は、まさしく今私にやって来たのですが、其処には恐怖のひとかけらも転がっては居りませんでした。渚《なぎさ》のように静かな水の音が、二人の間を埋めているだけなのです。貴方と私の十三年にわたる秘密のヴェールは、一瞬にして無慚《むざん》にも剝《は》ぎ取られたのですが、其処にあったものは、あれ程私の思い詰めていた死というようなものではなく、なんと言ったらいいでしょうか、安らかな、静かな、そうです、一つの不思議な休息でした。私は吻《ほっ》としました。長い間肩にかかっていた暗い重いものが取り去られて、それに代って、妙に涙ぐましい感情の空白が置かれたに過ぎませんでした。私は沢山、何かを考えなければならぬ事があるような気が致しました。それも暗い悲しい怖ろしいものではなく、はろばろとした虚《むな》しい、そのくせ静かな満ち足りたものでした。私は確かに解放と言っていいような一種の陶酔感に酔っていたのです。私はみどりさんの眼を見入ったまま（そのくせ私はなんにも見ていないのでした）ぽかんと喪心したように坐って居りました。みどりさんが何を仰言っているのか、私の耳は何も聞いてはいませんでした。

私が気が付いた時、あの人はお座敷を出て、廊下を乱れた足どりで向うに行くところでした。

「みどりさん」

私はあの人の名を呼びました。なんのために呼びとめたのでしょう。私にも解りません。長いこと、何時までも、私の前に坐っていて貰《もら》いたかったのかも知れません。そしてもしあの人が戻って来たら何の気取りもなく、素直な心で、

「三杉を正式に戴《いただ》けませんか」

と私はあの人に言ったかも知れません。またあるいは、

「三杉をお返しする時が参りました」

と全く同じ心で、反対の事を言ったかも知れないのです。果してどちらの言葉が出たか、それは私にも見当がつきません。みどりさんはそのまま戻っては来なかったのです。

みどりさんに解ったら死のう！　なんと言う滑稽《こっけい》な夢想。罪、罪、罪、なんと空疎《くうそ》な罪の意識。一度悪魔に魂を売り渡した人間は所詮《しょせん》もはや悪魔であるよりほか仕方なかったのでしょうか。私は十三年間、神をも騙し、自分さえも騙して来たのでしょうか。

私はそれからぐっすり眠りました。薔子に揺り動かされて眼がさめた時、身動きが出来ない程身体の節々が痛んで、まるで十三年の疲れが一度に出たようでした。気が

付くと枕許《まくらもと》には明石《あかし》の伯父が坐って居りました。貴方《あなた》も一度お会いになった事のある請負業をやっているあの伯父が、仕事の事で大阪へ出掛ける途中、ほんの三十分程見舞に立ち寄ってくれたのです。伯父はとりとめない雑談をして直ぐ帰って行きましたが、玄関で靴の紐《ひも》を結び乍ら、

「門田も今度結婚してね」

と言いました。門田――何年振りで耳にした名前でしょう。門田とは言うまでもなく、私の別れた夫門田礼一郎の事です。伯父は何気なく言ったのですが、私には強く響きました。

「いつ？」

自分でも解る程声が震えて居りました。

「先月か、先々月。兵庫の病院のそばに家を造ったそうだよ」

「そう」

これだけ言うのがやっとでした。

伯父が出て行くと、廊下を私は一歩一歩ゆっくりと足を運びましたが、途中でお座敷の柱につかまったまま、急に身体が落ち込んで行くような眩暈《めまい》を感じました。柱につかまっている手に思わず力がはいり、立ったまま硝子《ガラス》越しに見る戸外は、風があっ

て樹木が揺れているのに、いやに静かで、水族館の硝子越しに見る水の中の世界のようでした。

「ああ、もう駄目」

自分でも何を意味するか、判然《はっき》り解らないままに口から出た言葉に、何時か其処に来ていた薔子の声が答えました。

「何が駄目なの」

「何だか解んないけど」

くつくつと笑う声がしたかと思うと、薔子の手が背後から軽く私を支えて、

「なに仰言《おっしゃ》ってるのよ、さあお床にお帰りになったら」

薔子に促されて、床までは割合にしゃんと歩きましたが、床の上に坐ると、身の廻りで何もかもが一斉に堰《せき》を切って崩れて行くのを感じました。横坐りに坐って蒲団《ふとん》の上に片手をついて、それでも薔子のいる間は堪えていましたが、薔子が勝手の方へ去ると、涙が搾《しぼ》るように頬を伝って来ました。

門田が結婚したと言うただそれだけの事が、是程《これほど》大きい打撃になろうとは、今の今まで想像した事もありませんでした。一体これはどうした事だったのでしょう。それからどれだけの時が経《た》ったでしょうか。ふと庭で薔子が落葉を焚いている姿が硝子越

しに見えました。陽は既に落ち、私が一生のうちでついぞ見たことのない程静かな夕暮でした。

ああ、もう焚いているの！

恰《あたか》もそれが、前から解っている予定された事であるかのような気がして、低く斯《こ》う口に出して言って立ち上ると、私は机の奥から日記を取り出して来ました。その私の日記を焼くために薔子は庭で落葉を焚いているのでした。どうしてそうでない筈《はず》がありましょう。私はその日記を持って縁側に出ると、其処《そこ》の籐椅子《とういす》に腰を降ろして、暫くそれを拾い読みして居《お》りました。罪と死と愛と言う文字が羅列してある日記。悪人の懺悔録《ざんげろく》。十三年がかりで、一字一字彫りつけた罪と死と愛の文字は、昨日までのぎらぎらした生彩を全く喪《うしな》って、それは今や薔子の焚く木の葉の、紫の煙と一緒に空に上るに相応《ふさわ》しいものでした。

薔子に日記を手渡した時、私は死を決心しました。とにかく、死なければならぬ時がやって来たと思いました。死を決心したと言うより、この場合、生きる力を喪ってしまったと言う方が当っているかも知れません。

門田は私と別れてからずっと独りで居りました。それは外国へ留学したり、戦争で南方へ行ったり、そんな理由で単に再婚の機会を外していたに過ぎないのですが、とにかくあの人は私と別れてから妻を迎えないでいたのです。あの人が独身生活を続けていたと言う事は、今にして思えば、私と言う女にとって目に見えない大きい生きる支えであったようで御座います。斯う申しましても、貴方にこれだけは信じて戴かなければなりませんが、私は門田と別れて以来、明石の親戚《しんせき》の者の口から断片的な門田の噂《うわさ》を聞く以外、門田と会った事もなければ、会いたいと思った事もありません。門田のかの字も忘れた幾年かが過ぎて居ります。

夜がやって来ました。薔子もねえやもそれぞれの部屋へ引き取ってから、私は書棚から一冊のアルバムを引き出しました。其処には二十何枚の私と門田の写真が貼《は》ってありました。

いつか、もう数年も前の事ですが、薔子から、

「母さんと父さんのお写真は、みんなお顔が合うように貼ってあるわ」

と言われて、はっとした事が御座います。その時薔子は無心に言ったのですが、そう言われてみると、私と門田の新婚当時の写真は偶然にもアルバムの対《むか》い合った頁《ページ》に貼られてあり、成程アルバムを閉じると、二人の写真は顔が合うような具合になっているのでした。その時は、

「なにを言うの、まあ！」

それで過ぎましたが、その時の薔子の言葉は私の心にいつまでも残り、年に一回ぐらい変な時にぴょっこりと思い出されて来るのでした。しかし私はその写真を取り去りもしなければ、貼り換えもしないで、そのままにして今日に至りました。私は今それを剝ぎ取る時が来たと思ったのです。私は門田の写真をそのアルバムから剝がすと、薔子の父の若かった頃の映像として薔子が長く保存するように、薔子の赤いアルバムの中に挟んでおきました。

私さえ知らなかったもう一人の私は、このような人間でありました。何時か貴方が、私の身体の中にひそんでいると仰言ったあの濠洲産の一匹の小蛇は、このようにして、今朝その小さい白の斑点のある姿を現わしたのです。そう言えばみどりさんのセピア色の南方の小蛇は、十三年間、私たちの熱海の秘密を、あの陽炎《かげろう》のような赤い舌で飲み込んだまま素知らぬ顔をしていたのでしょうか。

人間の持っている蛇とは何でありましょうか。我執、嫉妬、宿命、恐らくそうしたもの全部を呑《の》み込んだ、もう自分の力ではどうする事も出来ない業《ごう》のようなものでありましょうか。もうこの事を貴方に教えて戴く機会のない事が残念で御座います。しかし人間の持っている蛇と言うものはなんと悲しいものでありましょう。前に何かの書物で、「いのちの悲しみ」といった言葉を読んだ記憶がありますが、今このお手紙を認《したた》めながら、私の心はそんな救いようのない悲しい冷たいものに触れて居ります。ああ、この堪《たま》らなく嫌な、そのくせ又堪らなく悲しい人間の持っているものは何でしょうか。

ここまで認めて参りまして、私はまだ真実の自分を貴方に差し上げていないことに気付きました。初めこの遺書のペンを取り上げた時の、私の決心はともすればにぶり勝ちで、怖《おそ》ろしいものから逃げよう、逃げようとしているようで御座います。

私の知らないもう一人の私——なんと言う体裁のいい逃げ口上で御座いましょう。私は自分の身体の中にすまっている白い小蛇に、今日初めて気付いたと申し上げました。それが今日初めて姿を現わしたと認めました。

嘘《うそ》です。そう申し上げては偽りになって仕舞います。私はとうからその存在に気付いていた筈で御座います。

ああ、あの阪神間が火の海のようになった、八月六日の夜のことを思うと、私の胸は張り裂けそうで御座います。あの晩は薔子と二人でずっと貴方の設計なすった防空壕《ぼうくうごう》の中に這入っていたのですが、何回目かのＢ29の機械音が、頭上の空一面を覆《おお》った時、私は突然自分でもどうする事も出来ない、虚しい淋しさの中に突き落されました。なんとも言い現わしようのない、心の滅入《めい》りそうな淋しさでした。ただもう無性に淋しかったのです。私は到頭そこにじっと坐っていられない気持になって、その時、ふらふらと壕の外に出ようと致しました。とそこに貴方は立っていらしったのです。

西も東も空は一面真赤にただれていました。貴方のお宅の御近所に火の手が上り始めているのに、貴方は私のところへ駈《か》けつけて来て下すって、私たちの防空壕の入口に立っていらしったのです。それから再び、私は貴方と御一緒に防空壕の中に戻りましたが、壕の中へ這入ると、今度は声を上げて泣き出して仕舞いました。薔子も貴方も私のそうしたヒステリックな動作を、恐怖の余りの発作だとお考えになっていたようです。私にもまた、その時の気持についての上手な説明はその時でも後でも結局出来なかったようで御座います。許して下さい。あの時私は、貴方の勿体《もったい》ない程の大きい愛情に抱かれ乍《なが》ら、貴方が私たちの防空壕に来て下さったように、私もまた、いつか汽車の窓から一回だけ見たことのある、兵庫のあの清潔な感じのする白いペンキ塗りの、門田の病院の防空壕前に立ちたかったのです。やもたても堪らぬその欲求に身を震わせ、涙にむせびながら必死に堪えていたのです。

しかし、これが、私が自分のそうしたものに気付いた最初の時ではありません。それよりも何年か前、京都の大学の建物の中で、貴方から私が一匹の白い小蛇を持っているると指摘された時、私はぎょっとして其《そ》の場に立ちすくんだのでした。あの時ほど、貴方の瞳《ひとみ》を怖ろしく感じたことはありませんでした。恐らく深いお考えはなくて仰言った貴方のお言葉でしたが、私は心の中を見すかされたような気がして、身のちぢむ思いでした。それまで本物の蛇に当てられて、胸がむかむかしていた気分の悪さも、お蔭《かげ》でいっぺんに消し飛んで仕舞いました。そして怖る怖る貴方のお顔を窺《うかが》って見ますと、その時、貴方はどう言うものか、ついぞなすった事もないのに、火の点《つ》いていない煙草《たばこ》を口にお銜《くわ》えになったまま、何処《どこ》か遠いところを見入っていらっしゃるお顔で、ひどくぼんやりして立っていらっしゃいました。気のせいか、私の見知っている貴方のお顔の中で一番うつろなお顔でした。が、それも一瞬のことで、こちらをお向きになった時は、もう穏やかな常の貴方でした。

それまで私は、私の中にいるもう一人の私を、はっきりした形では摑《つか》んで居りませんでしたが、貴方の御命名によって、それ以来それを白い小蛇として考えるようになりました。その夜、私は日記に白い小蛇のことを書きました。白い小蛇、白い小蛇と日記帳の一頁に、幾つも幾つも際限なく同じ文字を並べながら、自分の胸の中で、きりっと寸分のたるみもなく幾つもの輪を巻いて、その輪は頂に行く程小さくなり、そしてその頂から、小さい錐《きり》のように尖《とが》った頭を真直《まっす》ぐに天に向けている、まるで一個の置物のような小蛇の姿態を思い浮べて居りました。自分の持っている怖ろしい嫌なものを、このように清潔な、しかも何処かに、女の悲しみといちずさを現わしているような形で想像することは、せめても心休まることでした。神さまだって斯うした小蛇の姿態を、いじらしい、切ないものとしてごらんになるに違いない。お憐《あわ》れみになるに違いない。こんな虫のよいことまで考えたものでした。そしてこの夜から、私は一廻り大きい悪人に成長したようで御座いました。

そうです。ここまで申し上げたのですから、やはり総《すべ》てを認めて仕舞いましょう。どうかお怒りにならないで下さい。それは、十三年前のあの熱海《あたみ》ホテルの風の強い夜のこと、貴方と私が自分たちの愛情を育てるために、世の中の全部の人を騙《だま》そうと、大悪人の悲願を立てたあの夜のことで御座います。

あの晩二人はあんな大それた愛情の誓約を交した直後、もう何もお話することがなくなって仕舞って、糊《のり》のよくきいた白いシーツの上に仰向けに横たわって、何時《いつ》までも黙ったまま眼の先の闇《やみ》を見詰めて居りました。あの時の静かな時間ほど、私にとって、不思議に印象深い時間はありません。五分か六分の極く短い時間だったでしょうか。それとも三十分も、一時間も、二人はそうして黙っていたのでしょうか。

あの時、私は全く孤独でした。貴方がお傍に同じような姿態で横たわっていらっしゃることも忘れて、私は私一人の魂を抱いていたのです。二人の愛情の、謂《い》わば秘密の協同戦線が初めて結成された、二人にとってこの上なくゆたかであるべき時、私はなぜあのように救いのない孤独の中に落ち込んでいたのでしょう。

あの夜貴方は、世の中の全部の人をお騙しになろうと決心なすった。しかし、よもや、私と言う人間だけはお騙しになるお考えではありませんでしたでしょう。それなのに、あの時私は、貴方をも決して例外には考えていなかったのです。みどりさんも、世の中の全部の人も、そして貴方もそれから当の私自身さえも、長い一生騙し切ってやろう、それが自分に与えられた一生なのだと、そんな思いが鬼火のように孤独な魂の底で、ちろちろと燃えていたのでございます。

愛情とも憎悪《ぞうお》とも区別のつかぬ門田への執著を、私はどうしても断ち切らねばならなかったのです。なぜなら、私は門田の不貞を、たとえそれが如何《いか》なる過失であれ、どうしても許すことが出来なかったからで御座います。そしてそれを断ち切るためには、もう自分がどんなになろうと、何をしようとかまわないと思ったのでございます。私は苦しかったのです。ただもう自分の苦しみを窒息させることの出来るものを全身で求めていたのです。

——そして、ああ、なんとした事でありましょう。あれから十三年経ちました今日、すべてはあの夜といささかも変っていないようで御座います。

愛する、愛される、なんて悲しい人間の所業でしょう。女学校の二年か三年の頃のことでした。英文法の試験の時、動詞の能動態《アクティブ》と受動態《パッシブ》の問題が出たことがあります。愛する、愛される、見る、見られる、そうした沢山の単語の中に混じって、打つ、打たれる、見る、見られる、そうした沢山の単語の中に混じって、愛されると言う二様の眩い言葉が並んで居りました。皆が鉛筆をなめなめ問題と睨《にら》めっこしている最中、たれの悪戯《いたずら》だったでしょうか、背後から一枚の紙片がそっと廻って参りました。見るとそれには、貴嬢は愛することを希《のぞ》むや、愛されることを希むや、と二様の文句が二様に認められてありました。そして愛されることを希むという文字の下には、インキや青や赤思い思いの鉛筆で、沢山のまる印がつけられてあり、一方の愛することを希むという欄には、ただ一つの共鳴者のサインも附せられてないのでした。私の場合もまた決して例外ではなく、愛されることを希むという文字の下に、一個の小さいまるを附加したものでした。愛することも、愛されることも、それが如何なることを意味するか詳しくは知らない十六、七の少女の頃でさえ、既に愛されるという事の幸福を本能的に嗅《か》ぎ分けているものでしょうか。

しかしその試験の時、ただ一人私の隣席の少女だけは、私からその紙片を受け取ると、それにちらりと視線を移していましたが、殆《ほとん》どなんの躊躇《ちゅうちょ》もせず、ただ一つのサインも持たない空白の欄に太い鉛筆でぐるりと一個の大きいまるを書き記しました。私は愛することを希むと。その時、私はなぜか、その少女の妥協しない態度に小憎らしさを覚えたと同時に、さっと隙《すき》をつかれたような戸惑いを感じたのを、いつまでもはっきりと覚えています。その少女は級ではあまり成績のよくない、どこかに、陰気な影を持った目立たない少女でした。髪が赤茶けていて、いつも一人ぽっちだったその少女は、その後いかに成人したか知る由《よし》もありませんが、二十数年を経た今日、この手紙を認めながら、その孤独な少女の面差しが、なぜかしきりに先程から思い出されて来るのです。

女が人生の終りで、静かに横たわって死の壁の方に顔を向ける時、愛された幸福を満喫した女と、幸せ少なかったが、私は愛したと言い切れる女と、果して神はどちらに静かな休息を与えられることでしょうか。しかし一体この世に、神の前で私は愛しましたと言い切れる女があるもので御座いましょうか。いいえ、やはりあるに違いありません。あの髪薄い少女は、あるいはそうした選ばれた数少ない女の一人に成人したかも知れないのです。髪を振り乱し、全身傷だらけになり、裂け破れた衣服をまとい、そしてその女は昂然《こうぜん》と顔を上げて、私は愛しましたと言うでしょう。そう言い終って息絶えることでしょう。

ああ、いやです、逃げたいのです。でも払っても払っても追いかけて来るその少女の面差しを、いま私はどうすることもできません。数時間後の自分の死を前にして、この堪《たま》らない不安な思いはなんでしょうか。愛する苦しさに堪《た》えかね、愛される倖《しあわ》せを求めた女の、当然受けねばならぬ酬《むく》いが、いま私の上に降りかかっているようで御座います。

貴方《あなた》との倖せで楽しかった十三年の生活の最後に、こんなお手紙を差し上げねばならなくなった事を悲しみます。

いつかその時は来るに違いないと、絶えず心を離れなかった、海上で火を噴いた船が焼きつきる最期《さいご》の時は参りました。私はもうこれ以上生きて行くには余りに疲れて居《お》ります。どうやらこれでほんとの私を、私の真実の姿を差し上げることが出来たかと思います。十五分か二十分の短い遺書の中の生命でも、これだけは偽りのない本当の、私の、彩子の生命で御座います。

最後にもう一度申し上げます。十三年の生活は夢のようで御座いました。でも、やはり私は常に貴方の大きい愛情で倖せで御座いました。世の中の誰よりも。

三杉穣介宛《あて》の以上の三通の手紙を読み終った時は、夜も大分更《ふ》けていた。私は机の中から、三杉穣介の私宛の封書を取り出して、もう一度読み返してみた。そしてその手紙の終りの方に書かれてある「しかしながら、そもそも私が狩猟に興味を持つに至ったのは数年の昔に遡《さかのぼ》り、現在の天涯孤独の身とは異なり、公私両生活において先《ま》ず破綻《はたん》なき時期、既に猟銃は私の肩にはなくてはならぬもののようであった。このこと一筆申し添えさせて戴《いただ》く」と言った内容の、どこか意味ありげな文面を繰り返し繰り返し読んでいるうちに、一種独特のふっきったような美しい字面《じづら》の中に、突然何かやりきれない、暗然たるものを感じた。彩子流に言えばそれは三杉という人間の持っている蛇であったかも知れない。

私はつと立ち上ると、書斎の北の窓のところへ行って、遠くで省線電車が青くスパークしている、三月の暗い夜に見入った。三杉にとって、一体、あの三本の手紙はなんであったろうか。彼は、あの三本の手紙によって、何を知ったと言うのか。そこから知り得た新しい事実は何もなかったのではないか。みどりの蛇も、彩子の蛇も、彼はとうにその正体を知っていたのではないか。

冷たい夜気に頬を打たせながら、私はいつまでも窓際《まどぎわ》に立ちつくしていた。精神のどこかが、少し酩酊しているようであった。私は両手を窓枠におくと、なぜともなく、そこが三杉の所謂《いわゆる》彼の「白い河床」ででもあるかのように、暫《しばら》く、窓の下の樹立《こだち》の茂っている狭い中庭の闇を覗き込んでいた。

# 闘牛

来春一月二十日から三日間阪神球場で闘牛大会を開催するという社告が、大阪新夕刊紙上にでかでかと発表されたのは二十一年十二月中旬だった。その日編輯《へんしゅう》局長の津上は社告の載った仮刷りが刷り上ると、それを一枚ポケットに入れて、長いこと寒い応接間に独り待たせておいた田代と連れ立って、二、三日来すっかり本調子の寒さになって、いかにも師走《しわす》の街といった感じの、冷たい風が落ち着かなく地面から吹き上げて来る午後の街路に出た。ほう、出ましたな、と田代は津上から受け取った新聞に強い視線をあてると、さすがに一瞬顔を綻《ほころ》ばせたが、直《す》ぐ真顔にかえって、

「ここからはもう宣伝ですよ、遮二無二宣伝で押し切らなくちゃあ——」

早足で歩きながら風にあおられる新聞を四つに畳んで無造作にポケットに突っ込むと、

「時にひとつ新しい御相談があるんですが」

と言った。疲れというものが田代にはないらしい。仕事の一段落がついた時には、その先の別の新しい目標に向ってもう歩き出しているのである。闘牛大会開催の社告

を発表するこの段取りにまで漕《こ》ぎつける過程は相当しんの疲れるものであったが、田代はその苦労の跡を身につけていないのである。

「どうです、いっそ、闘牛の牛全部を買っちまうわけにはゆきませんかね。一頭五万円として、貴方《あなた》、二十二頭で百十万円という勘定です。なにしろ廉《やす》い！　貴方の社で買っちまって戴《いただ》けりゃあ世話はないんですが、W市の協会の方はこっちがその気なら話はつくと思うんです」

田代は、これが言いたくて四国からはるばる出向いて来たかのように、自分一人でまくし立てた。大会が終ったら二十二頭の牛を直ぐ右から左に手離してもいい。暫《しばら》く金をねかせておいてもいいのなら、勿論《もちろん》当分握っていて形勢を見ること。ともかくやっとこさ四国くんだりから二十二頭の牛を引っ張り出して来ておいて、大会が終ったからといってそいつをおめおめ返してしまう手はどうしてもない。百十万で買い入れた牛が、ただ阪神へ持ってくるだけで、忽《たちま》ち百五、六十万円にはなる。少しうるさいが、もし眠らせて肉にすれば、ざっと二百万円がとこは確実に踏める。こういうのが田代の計算だった。

肩幅の広いがっちりした中背の体軀《たいく》を、上から下まで総革の重そうな外套《がいとう》で包んで、これも近頃では貴重品に属する少々古いがごつい鰐革《わにがわ》のボストンバッグを手にした田代は、御堂筋《みどうすじ》へと出る人通りの少ない焼跡の一本道を歩きながら、向い風に声を浚《さら》われるのを気にして、立ち止っては長身の津上を見上るようにして喋《しゃべ》った。

うんうんと津上は肯《うなず》いて聞いていたが、勿論、この話にのって行く気持はてんから持ち合わせていなかった。創立資金十九万五千円という社の世帯《しょたい》では、今度の闘牛大会を主催するというただそれだけの事が、誇張でなしに社運を賭《と》した身にあまる大事業であった。当のその闘牛大会の費用の捻出《ねんしゅつ》にさえ四苦八苦の現在の社の財政状態であってみれば、出場牛の全部を買いとってしまうなどという事は所詮適《しょせんかな》わぬ大それた望みなのだ。この国での二大新聞の一つといわれるB新聞の社員だった者が主要な構成メンバーとなって、去年の十二月創立してから一年になるが、今もって植字から印刷、写真、連絡、何から何までB新聞の機能に依存しているところから、世間からはとかくB新聞と同一資本の、いわばB新聞の子会社と見られがちだったが、外見はともかくとして実際的な経営面ははっきり分離していた。海千山千の興行師田代がこんどの闘牛大会の契約に当って、大阪新夕刊の経済状態を一応も二応も調査していない筈《はず》はなかった。それにも拘《かかわ》らず多額の金をつぎ込もうというのは、B新聞の背景を過大に評価して、罷《まか》り間違っても損はないと睨《にら》んでいるからで、創立一年そこそこの小新聞を買いかぶって、当の闘牛大会の事業のほかに、又しても百万円余の大仕事を大《おお》真面目に持ち込んでくるところに、いかにも田舎の興行師らしい田代の甘さもあれば、又いっしょに仕事をするとなるといきなり本性を現わして、仕事師の面貌《めんぼう》をまる出しにしてくる、ちょっと顔をそむけたくなるようないけ図々《ずうずう》しさもあった。

しかし津上は田代と組んでこんどの仕事をすることに大して不安も危惧《きぐ》も感じてはいない。田代の持つ興行師としての属性は大体誤りなく初対面の日より見抜いているつもりだった。そのずるさも、図々しさも、金のためには時には道をも選ばぬであろう性格も。だが、この男といっしょに仕事してめったに喰われようとは思っていなかった。そうした相手の持つ警戒すべき性格のすべてに、さぐりを入れれば直きに底にとどきそうな見くびりもあることはあったが、それよりも時折はっと津上自身をむしろ一枚も二枚も人の悪い人間に思わせる、仕事への妙に純一な熱情を田代は示すことがあった。当りますよ、こりゃあ――こんな言葉を吐きながら、そんな時、田代は咬《か》みつくような一語一語の語調の強さに似ず、その表情は全く放心しているのであった。そして遠いところでも見るように視線を空間の一点において、やがてそれをゆるく次第に上の方に動かして行った。それは恰《あたか》も彼だけに見える何か神秘な花が、遠くから彼の心を呼んでいるかのようであった。こんな時田代の頭からは決まって計算が抜け出していた。損得を忘れた興行師の痴呆《ちほう》のような表情を、津上は一個の置物でも見るように意地悪く観察しながら、ふともう酔うことを忘れた自分の心に冷たくつき当るのである。

「もし、うちの社で買わなかったら——」

と津上は言った。

「それが、買おうという人物が一人あるんですよ」

待っていましたと言わんばかりの田代の口調だった。

「実はいま御足労願ったのもその為《ため》で、その人物にこれから会って戴きたいと思うんです。おうちの社で買って戴けない時の要心に一人探しておいたんです。共同で出資して戴いてもいいし、またこの仕事と全然切り離しても力になって貰《もら》えると思うんです。名は岡部弥太、知っていませんか。これは相当な人物ですがね」

その相当というのが田代の口から出ると津上には問題なのである。しかし津上は田代の顔を立てて、今日はどこへでも行ってやろうと思う。とにかくどうにか社告発表までに漕ぎつけたほっとした気持が、今日の津上を気軽くしているのであった。

「郷土出身の先輩で、先輩といっても年齢は私より少し若いんですが、まあ大した男です。阪神工業の社長で他に会社を三つ四つ持っています。伊予《いよ》出身では現在なんといっても岡部さんが一番でしょう」

言うだけ言うと、田代は衝立《ついたて》のような身体を前かがみにして、ぐんぐんと大股《おおまた》に歩き出した。

田代捨松が「梅若興行部社長」という得体の知れない肩書のついた大型の名刺をもって、西宮の津上の住居にはじめて姿を現わしたのは一カ月程前のことである。社関係の訪問者はいっさい自宅では応接しないことにしている津上だったが、その日は前夜からさき子が来ていて、例によって別れるの別れないのと一悶着《ひともんちゃく》あった明くる朝で、愛情とも憎悪《ぞうお》とも受け取れる押し黙ったさき子の冷たく光る瞳《ひとみ》から逃れるためには、訪問者はむしろ彼の歓迎するところであった。

初対面の田代は、その名刺通り田舎の興行師以外の何物でもなかった。精力的な赭《あか》ら顔も、太い地声も、確かに年齢より彼を若く見せてはいたが、それでも五十はとうに過ぎている。茶色のホームスパンのダブルの上着も、大柄の縞《しま》のワイシャツも、二十代の青年が着そうな派手なもので、武骨な大きな指に二個の銀指輪をのぞかせ、部屋に入ってもこれだけは貧相な黒いぺらぺらなマフラーをなぜか首にまきつけていた。

用件は闘牛大会という事業の売込みだった。日本中で伊予のW市一個処《かしょ》だけに行なわれているという牛相撲の由来と沿革を一通り説明し、それからどうにかしてこの伝統的な郷土の競技を全国に紹介したいのが、自分の生涯の念願であるというようなことを、ところどころ口上口調で弁じ立てた。

「私は一介の無名の興行師ではありますが、この闘牛を手がけることだけは興行とは思っていません。金はたんまり他で儲《もう》けさせて貰います。これまで三十年大して面白くもない田舎芝居や浪花節《なにわぶし》を一手に引き受けて、四国中を廻してきたのも、いってみればいつか一度は伊予の牛相撲を東京か大阪の檜《ひのき》舞台へ持って行くという夢があったればこそです」

興行とは思っていないという尻《しり》から、田代は又これほど儲けの確実な事業はないということを、繰り返して強調していた。

まるで無抵抗に田代の芝居がかった饒舌《じょうぜつ》を真向から浴びて、パイプを銜《くわ》えたまま狭い庭の隅の山茶花《さざんか》の株に視線を投げている津上の眼は、冷たく無感動だった。こんな手合と応接するのは、津上の毎日の日課の一つであった。こんな場合いつも津上は、半分は相手の話に無感動に耳を傾け、半分はまるでそれと無関係なことを、それも多くの場合はひどく孤独な思念ではあったが、ひたすらそれに思い浸っているのが常であった。喋っている相手にしたら一向に手応《てごた》えのない銛《もり》を何本も無駄に打ち込んでいるようなものであったが、しかし、時折単に調子を合せるだけの、そのくせいやに壺《つぼ》にはまったところのある津上の短い受け答えに接すると、話手は自分の話が相手を傾聴せしめているかのような妙な錯覚におちいってくるのであった。

津上はますます無感動に、田代はますます雄弁になって行った。

「闘牛というと、これを知らない人は何かひどく柄の悪い事のように思いがちですが、決してそんなものではありませんよ。それというのも土地の人が、むかしから牛の勝負に賭《か》けるためで――」

田代がこう言った時だった。

「賭けるの！」

と津上は反射的に訊《き》いた。

W市で年三回開かれる大会では、いまでも観衆の殆《ほと》んど全部が牛の競技に賭けていると言う。その田代の説明は、それまで田代の話を素通りさせていた津上の心に、突然奇妙な屈折の仕方でとびこんできた。阪神球場か香櫨《こうろ》園《えん》球場のような近代的大スタンド、そのまんなかの竹矢来の中に行なわれている生きものの競技、それに見入っている観衆、ラウドスピーカー、紙幣束、ゆれどよめく人の波、極めて自然に、田代の言葉は、一瞬津上の頭の中にこれだけの情景を映画のひとこまのように思い浮ばせたのであった。それは、よどんだ、冷たい、しかし重量感のある一枚の鉛の絵であった。

それから田代が何を言ったか、津上はろくに聞いていなかった。賭ける、こいつはいけると津上は思う。阪神の都会地で行なっても、W市と同じようにそこに集まる観衆のすべては賭けるだろう。終戦後の日本人にとって生きる手懸りといえば、まあこんなところかも知れない。何か適当な賭けるものを与えれば、黙っていても人はそこに集まって賭けるだろう。焼跡にぐるりと囲繞《いにょう》された球場で、闘牛の競技に幾万の観衆が賭けている、当るかも知れない。野球もラグビーもそろそろ復活し始めたが、それが往年のように人気をかっ攫《さら》うにはまだ二、三年かかるだろう。せいぜい牛相撲ぐらいの時代なのだ、いまは。阪神最初の闘牛大会、これは新聞社の事業としても決して悪くない。恐らく大阪新夕刊の事業としては、さしあたってここらが打ってつけなのだ。

この時の津上の眼は、そのためにどうしてもさき子が彼から別れて行けない、あの冷たいそのくせ冷たいままでねっとりと燃えているような、放恣《ほうし》な、濡《ぬ》れた眼をしていた。津上は身を起すと今までとはまるで違った口調できっぱりと言った。

「考えてみましょう。そいつあ、いけるかも知れない」

それから三十分ほどして田代が帰って行くと、急に静かになった部屋の中に、津上は少し興奮している自分を発見した。何か新しい企画と取り組んでいる時の癖で、いつまでも縁側の椅子《いす》に腰かけたまま、口数少なく身動きしなかった。こんな時津上は無性に独りになりたいのだ。

と、突然その場の沈黙を引き破るようにさき子が口を開いた。

「あなたの夢中になりそうなお仕事だわ」

彼女は部屋の隅で、田代が居た時と同じ姿勢で俯《うつむ》いてあみ棒を冷たく白く光らせていた。

「なぜ？」

「なぜって、そんな気がするの。あなたきっと夢中になんなすってよ。あなたにはそんな処《ところ》があるの」

それから顔を上げて、ちらっと冷たい視線を津上に投げると、さき子は非難とも歎《たん》息《そく》ともつかぬ口調で言った。

「そんなやくざな面が」

実際、津上の性格のどこかには、やくざと呼べるような面があった。

B新聞社の最も腕の立つ社会部記者の一人として、津上は誰がやっても失敗する、煩《わずら》わしい社会部の副部長《デスク》を三年大過なく勤め上げていた。いつも筋のぴんと入ったズボンをはいて、人との応接も仕事の捌《さば》きぶりも敏捷《びんしょう》で時には冷たく思われるほど切れていた。どんな泥臭い事件でも、彼は紙面の上で器用にやわらかくこなした。勿論うるさいジャーナリストの世界であってみれば、津上とて敵はあった。金使いが悪いとか、気障《きざ》だとか、エゴイストだとか、スタイリストだとか、文学青年だとか、確かに一面そうした連中の非難も当ってはいたが、そうした彼の欠点が、またそのまま、従来の社会部記者とはどこか違ったある知的な雰囲気を彼の周囲に形造っているのであった。

終戦後B新聞は包容する厖大《ぼうだい》な過剰人員を整理する合理的な方策として、印刷会社と夕刊新聞社を創設し、これら傍系会社の方に相当数の社員を転出させることになったが、その時、夕刊新聞の編輯《へんしゅう》局長として真先に推されたのは津上だった。三十七という年齢が、編輯局長という名にちょっとそぐわない感じだったが、当時続々発刊されつつあった夥《おびただ》しい夕刊紙群の中にあって、それと競争して打ち勝つ全く新しい型を造り出す才能は、津上をおいては一寸《ちょっと》見当らなかったし、また社長におさまる尾本が、映画界上りで、人間の豪胆さだけが売物の、新聞製作にはずぶの素人《しろうと》であってみれば、その下で編輯の采配《さいはい》を揮《ふる》うばかりでなく、経営面においても同時に社の心棒になり得る何よりも間違いのない手堅い人物が必要であった。そんな点でも、津上が従来B新聞社内に植えつけてきた何事にもそつのない、行き届いた性格の印象は強くものを言った。

大阪新夕刊の編輯局長に就任すると、津上はまず大胆に横型新聞の新しい型を採用し、読者の対象ははっきりと都会のインテリ・サラリーマンにおき、文化性と娯楽性を看板にして、記事の書き方にも、取材にも、整理にも、諷刺《ふうし》と諧謔《かいぎゃく》と機智《きち》を前面に押し立てた。津上の目指したこうした新夕刊紙の行き方は一応当ったと言える。新夕刊は毛色の変った夕刊紙として、京阪神のサラリーマンや学生たちに迎えられ、街の立売りでも真先に売り切れた。戦時中の野暮ったい新聞を読みなれた人々の眼には、確かに新鮮な魅力であった。終戦後復帰した京都の大学の若い法学部の教授が、これはインテリやくざの新聞だと、大学新聞の寸評欄で評したことがあったが、その評言もまたある程度当っているかも知れなかった。確かに、感受性の強い詩人なら、都会の若い知識人に迎えられるこの夕刊紙にどことなく投げやりな、虚《うつ》ろな、孤独の影を指摘できた筈である。それはまたそのままその新聞の編輯責任者津上のひそかに匿《かく》し持っている性格でもあった。その津上の性格を一番よく見抜いているのは、戦時中から三年越しに同棲《どうせい》したり別れたりして、今日まで別れる別れると言いながら、結局はどうにもならぬ関係を続けているさき子だった。

「だれもあなたの、こんなずるい、自堕落な、やくざの面を知らないのね。わたしだけ、わたしひとり」

機嫌のいい時、さき子はよくこんな事を言った。そんな時、さき子は、それが自分が津上に与えた愛情の痕跡《こんせき》ででもあるかのように、両の眼をきらきらと輝かせた。しかし、また時によっては全く同じ言葉が、愛人への冷たい非難として発せられることもあった。

津上には郷里の鳥取に疎開《そかい》させたままにしてある妻と二人の子供があり、さき子には津上の大学時代の友で、戦死してまだ遺骨の帰らない夫があった。戦時中に始まった二人の関係は、終戦後もそのままの形でずるずると続いて、未《いま》だにこんなことには眼の早い新聞社の連中にも全然かんづかれていないのであったが、時にはそれが津上のずるさでもあるように、さき子には思われるのであった。

最初さき子が津上と交渉を持ったのは、夫の戦死の内報があってから一年ほど経《た》った時であった。その頃、さき子は身の振り方について常に何かと相談相手に選んでいた津上を、その住居に訪ねたことがあった。夏の夕方だった。ちょうど一足さきに津上も社から帰ったところで、勝手知った縁側の方に廻った彼女の瞳に映ったのは、外出から帰ったままの姿で、家の中で帽子をあみだにして、ぐたりと籐椅子《とういす》に身を投げかけ、ウイスキーのグラスを嘗《な》めている投げやりな津上の姿だった。

さき子を見かけた瞬間、しゃんと立ち上って洋服の上着の崩れを直した端厳な常の津上がそこにはいたが、さき子はその時長く忘れていた身内の血が熱くかき立てられてくるのを感じた。疲労をいっぱい身につけた崩れた津上の姿は孤独でもあり、妙にさき子の官能を刺戟《しげき》する濡れたものがあった。二人の交渉ができてからも、さき子はこの時のことを思い出す度に、やはりそうした津上を、孤独な魂のどこかが腐蝕して燐光《りんこう》を放っているような誰にも知られていない津上を好きだと思うのである。

津上の愛情はかっと燃える底のものではなかった。いつもどこかに燃えきらない芯《しん》があった。躰《からだ》ごとすっぽりと津上の胸の中にとびこんでも、なおそこに埋めきらぬ間《かん》隙《げき》が、さき子には感じられた。三十のさき子の心と肉体が酔わすことのできぬ眼を津上はいつも用意していた。それは愛する者の眼ではなかった。といって、ぽんとさき子を路傍に棄《す》てる眼でもなかった。局外者のそれのように、つき離して成行きを見ている、それだけに堪《たま》らない冷たい魚族の眼であった。

さき子は津上自身も持てあましているような津上の冷たい心の一端に触れると、いつも心の中に浮び上ってくる言葉があった。悪人！　しかし時にはその悪人の非情な眼そのものが酔おうと努めることがあった。さき子はそれをよく知っていた。一種狂暴な不逞《ふてい》な悲しい光を帯びたその眼の故に、彼女はどんなに津上を愛したことか。しかしもうその眼を到底酔わすことができないと知った時、彼女の愛は、その時々に、悲しみに濡れ光った憎悪《ぞうお》に変るのであった。

興行師田代が投げた闘牛という餌《えさ》に、ずるずると誘われるままに喰いついてゆこうとするのも、新聞記者のかんというより、いってみれば、津上のそうした酔えない眼が、柄にもなく酔おうとする謀叛《むほん》気《ぎ》の仕業のようなものであった。さき子の言葉によれば、それが津上のどこかにひそんでいる〝やくざ〟な性格なのであった。

田代が津上に闘牛の話を持ちこんできたその翌日、四ツ橋の焼け残ったビルを改装した大阪新夕刊新聞社で、津上のほかに社長の尾本と整理部長のK、報道部長のS、それに田代を加えた幹部会が開かれた。闘牛大会の企画には真先に社長の尾本が賛成した。

「そいつあ面白い。あくまで本社主催、W市ならびに牛相撲協会後援という形で行くんだな。一日に五万として三日間で十五万ははいるだろう。スペインの闘牛でも持ってきたようにでかでかとやるんだ」

弱い闘牛のように肥満した尾本が、機嫌のいい時の癖で喚《わめ》くような大声で言った。田舎町の映画館主を振出しに今日の地位を腕一本で築き上げただけあって、尾本は事業となると度胸もあり、腹もあり、すべてを彼一流のかんで処理して行くといった男であった。尾本と津上が賛成する以上、この企画に格別反対のあろう筈《はず》はなかった。話はたちどころに決った。毎年W市のS神社で行なわれる一月一日場所を阪神間の近代的大スタジアムとして知られている二大球場のうちのいずれかに持って来ること。W市と牛相撲協会の両者を動かして、名実ともにその後援を得ること。開催期日は戸外スポーツのしゅんを外して一月下旬の三日間。これに要する全支出とこれから上る全収益の差額を新聞社と梅若興行部が折半にすること、言い換えれば儲けも損も新聞社と田代が半々に分け合うこと。但《ただ》し梅若興行部の名は表面に出さず、あくまで表向きは大阪新夕刊新聞社独力の事業たる体裁をとること。そして大会終了後決算するまでに要する支出は、牛の借り賃とともに牛を球場に連れこむまでを田代が受け持ち、球場に到着してから以後の費用は、会場の設定、準備、宣伝に要する費用と共に新聞社が受け持って出しておくこと、等々が契約の主なものだった。その晩、尾本と津上とは京都の料亭に田代を招《よ》んだ。するとその明くる晩、田代は社の幹部数名を大阪の闇《やみ》市場の中のスキ焼屋に招いてじゃんじゃん酒を振舞った。

「縁起をかつぐわけじゃありませんが、牛を喰っちゃうという意味で、少々野暮ったいがスキ焼ということにしました」

田代は悦に入ってひどくご機嫌だった。酒が廻ると、牛を神戸に降ろしたら飛びきり派手な化粧廻しをさせて、神戸の街から西宮まで練り歩かせ、その翌日は大阪で牛行列をやってひとつ思いきり景気よく行きましょうと、脂《あぶら》の浮いた顔を平手でこすっては、田代は中腰で尾本や津上に酒を注いだ。そんな時の田代の表情は津上には子供のように見えた。

田代が便所に立った間に、それまで酔っ払って一緒に熱を上げていた尾本が、妙にしゃんとした声で言った。

「問題は入場料が上るまで寝かせねばならぬ費用だが、僕の計算では、ざっと百万円は要ると思うんだが」

「そりゃ、そのくらいは見ておかないと」

「どうする？」

「なんとか行きますよ」

「大丈夫かね」

「宣伝いっさいは広告とタイアップし、会場の借り賃はなんとかして後払いに交渉します。ただリングと牛の宿舎を造るのに二、三十万は要るでしょうが」

「まとまって三十万とは出ないぜ」

「まあ、任せておいて下さい」

津上にもはっきりどうするという当があるわけではなかったが、まかり間違えば入場料を前売りして払っておけばいいのである。いまの津上にとったらそんな事より、田代の提案である二十余頭の牛の大名行列の方がずっと興味があった。記事にもなるし、写真にもなる。少なくとも街の大きな話題にはなる。その珍妙な情景を、酒とウイスキーのちゃんぽんで少し痛くなった頭の芯で、津上は大切に描いたり消したりしていた。

その翌日、津上は早速社内で闘牛大会準備委員会を造った。記事は書けないが交渉事に当らせたら異常な才能を発揮するTと、実行力はないが立案者として使えるM、それに報道部の若手数名をその委員に任命した。

一月下旬と予定した会期にはあと二カ月しかなかった。どんなに遅くとも社告は一カ月前の十二月中旬には出したかったので、それまでに全部の手筈《てはず》を整えておく必要があった。会場の交渉は後廻しとして、田代が四国へ帰ってから二、三日して、それを追いかけるように、津上は若い記者のTを連れてW市に出掛けた。が、着いてみると地元や協会との交渉の一切は田代がすでにやってのけてあった。一頭二万円の牛の借り賃も話がつき、二十二頭の晴れの出場牛も決定し、津上たちのする仕事は何も残っていなかった。協会側は勿論《もちろん》相撲牛の持主たちも大変な張り切り方で、田代がどう宣伝したのか、津上たちはまるで救世主のような迎えられ方だった。

相撲牛の持主たちはいずれも土地の分限者といった連中で、金をつくって相撲牛の一匹も飼おうというのが、この地方の人たちの誰にも共通した生涯の念願であるようであった。他の土地なら差詰め土蔵でも建てるところを、昔からこの土地の人たちは、闘牛の競技にだけしか使えない巨大な生き物を蓄えるのであった。協会の副会長で自分もまた今度出場する相撲牛を持っている後宮茂三郎という老人の家に津上たちは厄介になった。後宮は近郷きっての豪農で闘牛に関してはマニアに近い性格の、一見古武士のような矍鑠《かくしゃく》たる七十をこした老人だった。牛相撲に関するマニアの血は親譲りのもので、先代は臨終の床で、

「金もでき、家もでき、別段思いのこす事はないが、唯《ただ》一つ俺の牛がいつも田村牛にしてやられて来たのが残念だ、是非とも仇を討ってくれ」

と遺言して息を引き取ったという講談そこのけの逸話のある牛相撲狂だった。その時まだ若かった当主後宮茂三郎が、父の遺志を奉じて相撲牛の錬成に精魂こめた事は勿論である。そして父の死後三年目の四月場所で、遂《つい》に手塩にかけた愛牛をして田村牛を屠《ほふ》らせ、先代の位牌《いはい》を愛牛の背に括《くく》りつけW市の街衢《がいく》を練りに練ったものであっ

たという。津上たちを迎えた最初の夜、まるで県知事でも迎えるように羽織袴《はかま》をつけ威儀を正した後宮老人が、ぼつりぼつりと語り出すそうした話を、津上は旅の疲れも手伝って、妙に滅入《めい》りそうな気持で聞いた。後宮老人の場合に限らず、この土地に時ならず滾《たぎ》りつつある闘牛熱の熱っぽい息吹きを浴びると、津上の心は、何故《なぜ》か一緒に弾んでゆけないのであった。津上は毎朝座敷の縁側から見える南国特有の鮮烈な海の紺碧《こんぺき》なうねりに向いながら、何ものかに堪《た》える思いで、それにじっと見入った。

津上たちの滞在中、田代は忙しかった。津上たちを毎年一月牛相撲が行なわれるS神社に案内したり、W市近郊に散らばっている主な牛舎を一軒一軒見せて廻ったり、その帰りに自分の兄の家だという田舎には珍しい石塀の廻っている大きな構えの家の前を、わざわざ廻り道して通ったりした。彼はいつも重い革外套《がいとう》を着て、鼻の頭に汗を浮べ、せかせかと飛び歩いていた。そして殆《ほとん》ど毎晩のように開かれる宴会では、真先に一場の挨拶《あいさつ》をし、津上と記者のTを先生と呼び、時には新夕刊社を自分もそこの一員であるが如《ごと》く、〃わが社〃と呼んだりした。

津上は大阪へ帰ると直ちに次の段階の活動に入った。この方はW市の場合とは違って思いがけぬ支障が続出した。先《ま》ず肝心の会場の問題で躓《つまず》いた。阪神間にある二つの大きなスタジアムのうち、会期の関係で阪神球場の方を選ばねばならなかったが、一度はそこを一月二十日より三日間借りる交渉に成功したのだが、契約書を取り交す間《ま》際《ぎわ》になって先方から文句が出た。この球場を経営している浪速電鉄の言い分によると、阪神球場はむかしから競争相手の他の電鉄会社の経営するもう一つのスタジアムに較《くら》べて、とかく野球がしにくいという定評がある。その噂《うわさ》を一掃するために、終戦後グラウンドの整備にあらゆる努力を払って来たのだが、いまそこに、やたらに棒杭《ぼうくい》を立てられたり、竹矢来を張り廻らされたり、牛の土足で蹴荒《けあら》されたりしては堪《たま》ったものではないというのである。尤《もっと》もな言い分だった。それを何回も強引に折衝した結果、ともかく球場を借り受ける話に一応成功してほっとすると、今度はそのために休業をやむなくされた職業野球団の方から苦情が出た。それはそれで二、三の顔役を動かして何とか押えたが、そんな事に意想外の莫大《ばくだい》な費用がかかった。次に困った事は県の保安課から興行許可が降りないことだった。大体、闘牛と称する興行は日本には行なわれたためしがないのでその処置に困るというのである。電報で四国から田代を招びよせると、本家本元の愛媛県においても、牛相撲と言う競技はかつて興行として許可された前例はないのであった。社長の尾本が出掛け、津上が出掛け、すったもんだの挙句結局は埒《らち》はあかなかった。田代は田代で四国と大阪を三回も往復して、愛媛県の有力者を説いて廻り、地元からの運動を展開した。そしてそれらが全部失敗になった後を引き受けて、強引な交渉の天才、記者のTが何回か県庁に通って、もし事故が起ったら即刻中止するという一札を入れて、とにかく保安課長をうんと言わせて帰った。それがつい二、三日前の事なのである。そして津上が一度はもう活字にならぬものと断念した闘牛大会開催発表の社告の原稿は、若い整理部員の手によって、角と角とを突き合している二頭の牛の写真をカットにして、一面の教員ストと社会党の内部紛糾の、その日の二大ニュースの間に挟まれて、誰の眼をも惹《ひ》く大きな箱ものとして組み込まれたのであった。尾本にも津上にも、それぞれそれは、今や手もとを離れた一匹の猟犬のように思えた。

田代は焼跡の真中を突っ切っている道を、風に追われたり逆らったりしながら二丁ほど進んだが、とある半壊のビルの前までくると、急に立ち止って、右手を軽く上げて津上に合図して、うっかりすると見逃しそうに口を開けている地下への階段の中へ身を落して行った。

田代の大仰な動作のせいもあったが、それは、いかにも地殻の表面から姿を消すといった唐突な姿の消し方であった。津上も田代に続いて、身体だけがやっと通りそうな薄暗い階段を一歩一歩降りて行った。くの字に曲った階段を降りきると意外に内部は広く、電燈《でんとう》の光が明るくあたりを照らしていた。日本式の中庭よろしく、真中には植木や燈籠《とうろう》まで置き、この中庭をとりまいて、まだ完成はしていないが、四つの小ぎれいな小座敷が、それぞれ独立して造られ、その一つは酒場にでもなるのか、細い背の高い椅子《いす》が、青ペンキで塗ったビア樽《だる》といっしょに隅の方に積み上げられてあった。その前で四人の男が、津上たちの方は見向きもしないで、洗面所のタイルの流しを横にしたり、縦にしたりして取りつけ工事にとりかかっていた。

突当りの、ここだけは殆ど九分通りでき上っている小部屋に、岡部弥太はもう半分からにしたウイスキーの瓶を前において、国民服の上に丹前を羽織った姿で炬燵《こたつ》に入っていた。

「やあ、いらっしゃい」

津上が坐《すわ》るか坐らないに、彼は丹前をとってらいらくに頭を下げた。躰《からだ》も小さく、物を言うといっぱい小皺《こじわ》のある顔も小さく、総体に貧相な印象だが、その軽くくだけた物腰の中には却《かえ》って人を人とも思わぬ図太さが現われていた。

「お待ちしてましたよ、津上さん！」

相手のよく廻る薄い唇を見詰めながら、うっかりすると肩でも敲《たた》きかねない岡部のそんな態度に津上は軽い反感を感じた。津上はむしろ常の彼よりは固い態度で型通りに名刺を出した。

するとと岡部も、ポケットから名刺入を出して内部をさぐっていたが、やがて手を鳴らして一見秘書のような若い男を呼ぶと、

「名刺を書いてお渡ししてくれ、会社の方の電話も入れてな」

と、言って手帳と万年筆を渡した。それから津上の名刺を取り上げると、田代の方にそれを示し、田代が編輯長《へんしゅうちょう》さんですと名刺に刷ってある肩書を説明すると、岡部は黙って大きく幾度も肯《うなず》いた。津上はどこか不敵なものを蔵している彼の前の小柄な平凡な男に改めて眼を遣《や》った。津上の鑑識に狂いがなかったら田代の所謂《いわゆる》「伊予《いよ》出身では今一番の」この男は読むことも書くこともできないのであった。

酒と料理が運ばれて来た。岡部はうち解けた鷹揚《おうよう》な態度で、如才なく絶えず喋りつづけていた。

「実はここでこれから道楽をやろうかと思いましてね。何しろ日本人は長い間うまいものに飢えていますので、ここへ来たら飛びきりうまいものが喰える、そんな店を作りたいと思っているんです。いずれ、店開きの時は、別府と高知と秋田の一流の板場を三人御紹介しますよ」

可笑《おか》しいほど、田代は岡部の前では固くなっていた。がっちりした田代の図体が小

さい五尺そこそこの身体に完全に呑《の》まれているのであった。今日わざわざ津上を岡部に引き合せた肝心の用件には一向触れようとはせず、運んできた料理を受け取って食卓の上に並べたり、油断なく瓶を取り上げて、岡部と津上の器を充《み》たしたり、でなかったら、二人の話を一言も聞き洩《も》らすまいとするかのように神妙にかしこまっていた。岡部が何をきり出すか、津上は半ば好奇の心を持ってその時を待っていた。あまり飲める方ではなかったが、盃をさされるままに口に運んだ。闘牛の社告が載った紙面がそろそろ街頭に配られる時間であった。

「会社の方のお仕事はお忙しいんですか」

と津上が訊《き》くと、

「暇ですな、暇ですよ。五つ六つの会社を持ってますが、私は、まあ、いつも暇といっていいでしょう。社長が忙しいようでは会社はいけませんな。私はこうして毎日酒を飲んでいればいい」

相手の意表に出ることを言うのが、岡部は得意であり、満足でもあるらしかった。初対面の津上の人となりを知ることより、先ず自分を表現することが、いまの場合、彼の心のより多くの部分を占めているようであった。

いや、冗談ではありません。酒でも注ぎこまなけりゃあ、人間のあたまなんて、どれもこれも知れたもんですよ。素面《しらふ》でひねり出した知慧《ちえ》なんかに大したものがあろう筈《はず》はありませんやね。津上たちが来る前に一人であけたウイスキーのせいか、岡部の小さい眼は時々いきいきと輝き、無遠慮なくらい津上の眼に喰い入ってくるのであった。喋《しゃべ》りながらも彼はウイスキーのコップを手離さず、時折立て続けに何杯もの黄色の液体を口の中に放りこみ、それを口の中で含むようにしているかと思うと、殆ど無表情で嚥下《えんげ》するのであった。

「今日はひとつ、津上さんにも、田代君にも、私の経歴をきいて戴《いただ》こうかな」

「それ、それ、私は前々から一度お話伺いたいと思っていました。大岡部がいかにして出現したか」

津上が苦々しく思うほど田代は卑屈だった。田代がウイスキーを注ごうとすると、岡部はコップだけを食卓の上に差し出しながら、暫《しばら》く人を喰ったような顔をして小さい眼を閉じていたが、それをぱちりとあけると、

「大岡部か小岡部か知らないが、私の会社はどれも終戦後に作り上げたものばかりです。一代で築いたといいたいが、実は一年ででっち上げた。ただの一年ですよ。だから世の中は面白いんです」

そしてしわがれた声で大きく笑った。

終戦の年の十月、つまり今から約一年前、岡部は南方から復員してきた。応召した時は三十八だったが、帰ってみると四十二歳になっていた。妻もなければ子供もない。十年ほど前交渉のあった女から三千円の金を借りて、伊予の郷里をとび出すと、トラックの運転手をしている兵隊時代の友達をたよって神戸に出てきた。そこで半月ほどぶらぶらしている間に目をつけたのが農機具の販売だった。

電気モーターをつけた新式の稲こき器が尼崎の曙工業で新たに造り出されているのを知ると、それをなんとかして多量に入手して、それの販売によって、農村に流れこんでいる莫大な金を吸収しようとたくらんだのである。そこで先ず曙工業に出掛けて幹部と面談したのだが、その時、彼の差し出した名刺には曙産業株式会社理事という肩書が印刷されてあった。勿論《もちろん》、その名刺は二、三日前大阪の百貨店で刷らしたでたらめなものであった。ところがこの小さい策略はみごとに効を奏した。お宅も曙さんですか。いわば同名会社のよしみとでもいうのか、先方は最初から特別の好意をもってくれて、とにかく明日中に稲こき器百台を送り出そうという商談がまとまった。代金は現物と引換えで、明日中に払ってくれればいいと言う、取引の常道からいえば、異例な好意的な契約なのだ。後に残った問題は、品物と引換えに先方に渡さねばならぬ三十万円ほどの金の調達である。

「この三十万円を、どうして造ったと思いなさる。私は一面識もない男から借りたんですよ」

　この時だけ、岡部の短い言葉には、喰いつくような妙に強い調子があった。彼は県出身の元代議士で軍需成金の山本という男に白羽の矢を立てると、是が非でもそこから三十万円の金を引っ張り出すことを決心した。そして彼は曙工業を辞した足で、御影《みかげ》の山本の家を訪ね、おどしたりすかしたりして、同郷の男の頼みだと言って、三十万円の借款《しゃっかん》を申し込んだ。が、もとより取り合ってくれよう筈はなかった。その日のうちに、岡部は三回山本の家を訪ね、三回目には到頭玄関の三和土《たたき》に坐りこんでしまったが、その時ふと霊感のように彼の頭にひらめいたのは、三十万円の生命保険に加入し、その契約証を抵当に入れてみたらという考えであった。

　そこで時を移さず、焼跡に仮営業している淀屋橋《よどやばし》のN生命に出掛けたが、もう夕刻で店は閉っていた。仕方がないので当直の社員から保険課長の自宅を調べて貰《もら》い、吹田のその保険課長の自宅へ押し掛けて三十万円の保険の契約を申し込んだ。ところが、今日は困る、明日店へ来て貰いたいと言う。明日では岡部の方が困った。すったもんだの挙句押しの一手で相手を屈服させ、とにかく三千円払い込んで三十万円の仮契約証をその晩のうちに手にすることができたのである。岡部はそれを持って、終電車に近い時刻にもう一度山本の屋敷を訪ね、この通り自分の生命を抵当に入れるから三十万円貸して貰えないかと詰めよった。

「これがよかったんですな。考えてみれば、保険の契約証なんて三文の価値もありゃしませんやね。しかし、そこが人間の面白いとこですよ。相手は私が生命を賭《か》けていると思ったんですな。よし、それ程思いつめているなら一カ月の期限つきで貸してやろうと言うことになったんです。これが、いってみれば、私のいまの仕事の振出しですかな」

こうした、いわばぺてん師としての経歴を語る岡部の真意がどこにあるか、津上には解《げ》せない気持だったが、聞いていて退屈はしなかった。その話し振りの中には一種の熱情とも見える自己陶酔があった。

「面白いですね」

と津上がまんざらお世辞でもなく言うと、

「まあ、私という男はざっとこんな人間です。しかし今は金の千万や二千万は握っています。どうです、津上さん、あんたの会社でやりなさる闘牛の片棒を私にかつがせて貰えませんか」

虚をつかれた形で、思わず津上の眼が岡部の眼とかち合うと、岡部はいったんそれを外し、ゆっくりと煙草《たばこ》に火をつけてから、再び津上の方に顔を向けた。こんどの岡部の視線にはねめつけるような執拗《しつよう》なものがあった。

もし共同出資で牛を買うのが御迷惑なら、牛は全部自分の方で買いとる。輸送費も大会開催費も、牛に関するものは一切こちらで面倒をみましょう。あんたの方は無償で事業をやり、儲《もう》けたいだけ儲けなさい。口調は静かだったが有無を言わさぬ響があった。

「だが、そいつあ困りますな」

相手に喋るだけ喋らせてから津上は言った。岡部の申し出に応ずることは、岡部という人物からくる一抹の不安はあるにしても、新聞社としては決して割の悪い契約ではなかった。しかし津上はいま彼の上に注がれている岡部の、自信満々たる小さい二つの眼を憎んでいるのであった。何か果し合いでもしているような精神の興奮が、津上の顔をこころもち蒼《あお》くし昂然《こうぜん》とさせていた。

「まあ、こんどの事業だけは新聞社単独でやらせて貰いましょう。私の方としても、これが最初の事業ですから」

岡部はコップを手にしたまま、いちいち丁寧にうなずきながら津上の返事を聞いていたが、聞き終ると、

「そうですか。いや、よく解《わか》りました。残念だが仕方ありません」

意外なほどあっさりと岡部は話を打ち切った。それから気分を変えるように、津上のコップにウイスキーを注ぎながら、

「いや、私はあなたが気に入った。気に入りましたよ。あなたがやろうとなさった仕事だ。あなたの力でやりなさるのが本当だ。いや断わられて、私は気分がいい」

どこまでが本音か解らないが、岡部はむしろ上機嫌に見えた。

電気の明りで地下室の一部屋は夜のような雰囲気だったが、戸外へ出て見ると、漸《ようや》く焼跡一帯の地に冬の薄暮が垂れ下ろうとしている時刻であった。

「なぜ断わったんです。惜しい話じゃありませんか」

背後から追いついてきた田代が言った。

「惜しい話さ」

言われなくても、津上もまたそう思っていた。二人は黙って外套《がいとう》の襟を立てて肩を並べて歩いて行ったが、追い抜いて行くトラックを避けて二人が路傍に向い合って立った時、

「実はまだ申し上げてないが、ひとつ厄介な問題が起きているんです」

と田代が言った。牛二十二頭の輸送に八輛《りょう》の車輛が要るが、いま毎日W市から出て

いる車輌は二輌しかない。これではどうしようもないので、特別に車輌を増結して貰うよう、広島鉄道局の方へ交渉しているが一向に埒《らち》があかない。なにしろ石炭事情が悪い際でもあるし、第一肝心の車輌そのものに予備がないと言うのである。津上は黙って歩いて行った。また一つ沖から白い波がしらを立てて波濤《はとう》が押しよせて来るのを見ているような気持だった。

「差詰《さしず》めこの場合ですな」

と田代は言った。

「商売柄この方面に顔の広い岡部さんに口をきいて貰い、鉄道局の方でなんとかいい方法を考えて貰って、それによってこの問題を解決するほか手はあるまいと思うんですが」

はっとして津上は立ちどまると、

「もう話してあるんだろう」

と、きびしい視線を田代に投げた。

田代は図太く一つにやりとすると、

「大した人物です。あの方は津上さんに断わられても、この方はこの方で一肌脱ごうと言うんです」

津上としては一肌も半肌も脱いで貰いたくない相手であったが、いつの間にかすでにあの不敵な小男が闘牛の事業の中にするすると這入ってきているのを津上は感じた。もともと田代はこの問題を岡部に持ち込み、岡部から牛を買いとる先刻の話を、いわば交換条件のように持ち出されたものらしかった。

年が改まってからさき子は津上に会っていなかった。暮から正月にかけて、津上は鳥取の田舎への帰省も取りやめて、殆《ほとん》ど連日新聞社へ泊りこみの形で、闘牛の準備に駈《か》け廻っていた。それでも、大晦日《おおみそか》の晩だけは、除夜の鐘をいっしょに聞きたいというさき子の主張が通って、二人は前に行ったことのある京都の岡崎の、坐《すわ》っていると疏水《そすい》の流れの音が聞える静かな旅館の一室で過した。

二、三日来吹いていた風も落ちて、星のきれいな大月隠《おおつごもり》の夜であった。十二時になるといっせいに、京都の町のあちこちに散らばっている大寺《おおでら》からは、何年ぶりかで鐘の音がいんいんと鳴りひびいた。それまで小さい机によって、持参のウイスキーを嘗《な》めながら、新しい小型の日記帳に、闘牛大会開催の二十日までのスケジュールを丹念に書き入れていた津上も、鐘が鳴り出すとペンをおいて、それに耳を傾けた。その傍にさき子も坐っていた。鐘の音は一定の間隔をおいて、遠く近く撞《つ》き出され、その幾つもの鐘の音の余韻は、重なり合い、ぶつかり合い、共鳴して深夜の冷たい夜気の中を、幾条《いくすじ》もの水脈のように伝わって行った。

二人は長いこと黙って坐っていた。さき子が津上との関係においてかつて経験したことのないふしぎに静かな時間であった。憑《つ》きものが落ちたように仕事から離れている男の顔は、さき子には妙にしらじらとした素直なものに見えた。ああ、この人はなんと不憫《ふびん》な顔をしているだろうとさき子は思った。そして忽《たちま》ち憎悪《ぞうお》でも愛情でもなく、やはり自分がいなくてはこの人は駄目だと思う気持が、水のように拡《ひろ》がってくるのであった。それは愛慾《あいよく》とは遠い何か純粋な思いであった。鐘は後から後から果てしなく撞き出された。

百八つの鐘が半ばを過ぎた頃、津上は立ち上って窓を開けると、暫く窓際《まどぎわ》に立って窓外を覗《のぞ》いていた。さき子も立ち上って行くと津上により添って立った。そとは鐘の音だけが走っている不気味な暗い深い夜であった。木立の繁《しげ》みに遮られて、そこからは、一点の町の灯も見えなかった。突然さき子は烈《はげ》しい不安を感じた。二人がいかにも二人の愛人であるかのように、こうして静かによりそって、古い年を送る鐘の音の行方に耳をすましていることに、不吉な暗い予感を感じた。二人が、相共にかかる夜を持つことは、今度こそ二人が別れねばならぬためではなかったかと。

さき子は津上から離れると、部屋の隅の小さい朱塗の鏡台の前に坐った。まだ動悸《どうき》が烈しかった。二十代から三十代への、女にとっては大切な三年間を、ただ苦しむだけに津上について来た女の顔が、蒼ざめて狐《きつね》のように鏡の中でこちらを見詰めていた。

さき子は例年になく暖かい正月の数日を、幾分の風邪気味も手伝ってアパートの一室に閉じこもって過した。三箇日がすんでからの新夕刊は、目立って闘牛に関する記事が多くなった。カルメンのホセが当り役の有名なオペラ歌手が、闘牛について語っているかと思うと、その翌日の紙面では、スポーツ愛好家として知られているF伯の闘牛漫談が大きく掲載されてくる。闘牛ばかり彫っている老彫刻家も写真入りで紹介されれば、「専門家の立場から」といった人を喰った見出しで、新進拳闘家《けんとうか》が闘牛を論じている日もある。「南予に闘牛を訪ねて」という特派員の記事も特輯《とくしゅう》される。

さき子は闘牛そのものにはなんの興味も抱かなかったが、毎日の紙面のそうした紙面企画の中に、津上の冷たいが、それでいて熱っぽい憑かれたような眼を感じることができた。いかにも津上の考えそうな思いつきやプランが、神経質な津上の好みや癖のある身振りをそのままに紙上に映し出されているのであった。勢子《せこ》生活三十年の地元の老人に会場で解説放送させるとか、日本ニュースや世界ニュースが会場の情景をフィルムにおさめるとか、そういったニュース的な取扱いの、その実前景気をあげる宣伝記事にすぎないものを読んでいると、それらの裏面で、立案したり、画策したり、交渉したりして、忙しく飛び廻っている津上の姿が眼にちらついてくるのであった。

八日にさき子は津上に会おうと思った。思い立つとじっとしていられなかった。翌日から勤め先の心斎橋の洋裁店に出勤しなければならなかったし、それに大晦日の夜のあの不安な思いは、年が明けても今日まで妙なしこりとなってさき子の心に残っていた。

新聞社に電話をかけてみると、この二、三日津上は闘牛大会の会場になっている阪神球場の方へ出掛けて、そこに寝泊りしているということだった。日頃どんなことがあっても、決して職場に顔を出してはいけないと、津上から堅く言い渡されてあったが、さき子は阪神球場に津上を訪ねて行った。今に雪でも舞い落ちて来そうな、薄ら陽の、寒い日の午後だった。西宮北口で電車を降りた。いつも電車からは見ているが、その巨大な円形のスタジアムの近代的な建物の中に入って行くのはさき子はこの日が初めてであった。人気のないがらんとした建物の空洞を突き当って左手に折れると、建物の大きさにはひどく不似合な船室のような小さい事務所があった。

扉を押すと内部では新聞社員とも訪問者とも見分けのつかぬ四、五人の男たちが、七輪の火を取り囲んで煙草をふかしていた。その向うで津上は外套の襟を立てて、机の上の受話機を耳に当てて、電話を大声でかけていたが、さき子の入って来た姿を見掛けた彼の眼は、冷たくさき子の心に突き刺さってきた。咎《とが》めるような冷淡な視線だった。長い電話をかけ終ると、津上は先に立って部屋を出た。そしてゆるやかな勾配《こうばい》で稲妻型に旋回している薄暗いコンクリートの歩廊を、不機嫌な靴音を建物の中に響かせながら先に立って登って行った。そして四階まで登りつめ、スタンドへの通路から出た処《ところ》で、彼はさき子を待っていた。

「なんの用なの、一体」

さき子が近付くと初めて津上は口を開いた。頬が蒼白んで、ひどく憔悴《しょうすい》していた。不機嫌な時の癖で刺すように視線をちらっとさき子に当てると、ついとそれを外らした。

「用がないと会いに来てはいけないの」

さき子は紺の外套に顔半分を埋め、上眼使いに津上を見ながら、つとめて軽い調子で言った。でないと、つい棘々《とげとげ》しく口をきいてしまいそうだった。そこは内野スタンドの最上層で、そこから見下ろせる人気のない広いスタンドには、見渡す限り粗末な取附けの木製の腰掛けが、寒々とした縞《しま》模様を拡げて、階段状に中央グラウンドへとゆるやかに落ち込んでいるのであった。高処のせいか風がきつく、午後の薄ら陽がスタジアムの灰色の建物全部を荒れたざらざらしたものに見せていた。

「忙しいとあれほど言っておいたじゃないか」

「今年になって、初めてお会いしたんでしょう。そんな怖い、何しに来たかって顔をなさらないでよ。わたし、一体あなたの何なのかしら」

「やめろよ、またそんなこと——、ひどく疲れているんだ」

津上の語調はとりつくしまのないように強かった。不貞《ふて》くさったように煙草を銜《くわ》えて寒風に髪を飛ばしている津上の顔を、さき子も蒼白んで正面から見上げた。二人が決闘でもするように対《むか》い合ったまそこにつっ立っているのに気付くと、津上はそれでも、「まあ、坐れよ」と言って、自分から足許《あしもと》のベンチに腰をおろした。さき子も並んで坐った。

見渡す限り冬枯れた田野が、球場を取りまいて西にも東にも拡がっていた。戦時中大阪神戸の主要な軍需工場は言い合わせたようにこの阪神間の広い平原地帯に疎開《そかい》して来たのだが、それらの不思議に重量感を忘れた建物が、ここから見ると紙屑《かみくず》のように広い田野のあちこちに散らばっていた。なかには難破船のように沢山の鉄骨を空に突き上げている建物もあれば、小山のような鉄屑の集塊を敷地の一角に持っている建物もあった。少し注意してみると煙突と電信柱がやたらに多く、電線はこの平原の表面を蜘蛛《くも》の巣のように縦横に覆《おお》っていた。時々よたよたと玩具《がんぐ》のような郊外電車が、それらの工場と森と丘陵とを縫って走っていた。ずっと西北方には六甲の山々が見えた。そして工場地帯の猥雑《わいざつ》さと冬の自然のきびしさとが雑然と入り混じった広い荒涼とした眺望の上に、曇天が低く垂れ下っているのであった。

さき子は黙ったままそうした寒々とした眺めに眼を遣《や》っていたが、心は早くも今日の津上の冷たい態度から受ける、別れた後の自分の苦しさを計算していた。そして、今更のように津上の愛情のひとかけらでも受け取りたくて、それによって暖まりたくて、わざわざここまで出向いて来た自分に気付くのであった。たとえ嘘《うそ》でもいい、津上が労《いたわ》りの言葉を与えてくれたらいま自分はそれで暖まれるだろうと思う。嘘でもいい、どんなむごい嘘の愛情でも！　さき子は自分の心の苦しさとは全く無縁な、自分の横に坐っている男の横顔を見詰めた。と、突然自分を騙《だま》す努力をさえ払おうとしていない男への怒りが新しく突き上げて来た。そしてそれがさき子に、負債の返済でも迫るような冷たい口調で、全くその場の思いつきから、京都の友達から誘われていた仁和寺《にんなじ》の茶会に津上と二人で出掛けたいということを切り出させるのであった。しかし、津上は何を言うかといった表情でてんで受け附けなかった。

「十四日の日一日だけ」

「困るな」

「午後からでもいいわ、半日」

「できないな。闘牛が終るまでは絶対に動きがとれないんだ」

それから津上は気難しい顔をゆがめて、ともかくこの女の情人だといった看板を顔にぶら下げて、仁和寺くんだりまでのこのこ出掛けてゆくことは真平だなと言った。

「交渉決裂ね」

さき子はかすれた声で言った。

「つきとばされること解《わか》っていながら、こんなこと言い出して莫迦《ばか》だわ、わたし」

「つきとばしはしない」

「まあ、つきとばしていないと思ってるの」

突然、冷たい男への怒りが、さき子の総《すべ》ての抑制をはねとばしてしまった。

「もっと、つきとばして頂戴《ちょうだい》。ここからごろごろ転がるわ、あなたどんな顔をしてそれを見ているか、転がりながら見て上げる」

それから二人は黙った。激情がすぎ去り、もう言うべきことがなくなると、さき子の心は水の面が陽かげるように、救いようのない悲哀が徐々に拡がって来た。もうどうすることも出来ない気まずい空気には、二人のうちどちらかが起《た》ち上らなければならなかった。

暫《しばら》くすると津上は急に用事を思い出したと言って、事務所に降りて行った。が、五分程すると再び忙しそうに戻って来て、これからまだ今日中に片附けねばならぬ仕事が三つ四つ残っている、大会まではずっとこの調子なのだ。闘牛が終ったらいっしょに紀州の温泉にでも行こうじゃないかと、先刻とは違った多少労りのある調子で言った。そして言訳のように、

「何もかもぐれて予定が片っ端から崩れてゆくんだ」

と、グラウンドの中央に白い円の画いてある箇処をさき子に示して、そこに直径十九間の竹矢来のリングを造るのだが、たかがそんな事さえ予定通りには進捗《しんちょく》してくれないことなどを話した。リングを造る監督役にW市の協会からせき立てて人を招《よ》んだのだが、人が来たら材料の竹の方がなかなか来ない。その竹がやっと今朝着いたら、肝心の監督役のその男は、昨日から風邪で寝込んでいると言うのである。このところ津上をめがけて殺到している雑用は実際に夥《おびただ》しいものらしかった。先刻さき子が来た時、津上が事務所でかけていた電話は、大会前日中之島《なかのしま》公園から打ち揚げる花火の交渉で、一旦《いったん》許可が降りたのが、どうしたのか、又降りなくなったという。終戦後最初

の打揚げ花火ではあるし、なにしろ火薬取締りの難しい規則があるので、市としても出来るだけの努力はするが、簡単に許可が降りるかどうか確定的なことは請け合えないと言うのだそうである。

「しかし僕は、花火のことだけはあきらめられないんだ。昼間は爆竹を何十本も仕掛け、出来れば夜だって少し派手な奴《やつ》を何本かは打ち揚げたいんだ」

津上はいらいらした気分をそのまま顔に現わして、そんなことを言った。

「そりゃあ、綺麗《きれい》だわ。大阪は焼けてなんにもないんだから、その真暗い焼跡の上に、ぱっと菊の花でも咲かせたら！」

もう決して口をきくまいと思っていたのだが、思わずそんな皮肉がさき子の口をついて出た。菊の花と言ってから、ああ、この人は牛の形でも出すつもりなんだろうと思った。しかし、真実その花火の牛の形でも考えていそうな津上の真面目《まじめ》な表情にぶつかると、さき子はぎくっとした。ぱあっと花火が消えた後の暗い闇《やみ》に顔を向けているる津上の顔が、自分だけが知っている津上の顔として、何かひんやりした感触でさき子には眼に浮ぶのであった。

それからまた事務所にいま待たしてある面会人は印刷屋と運送屋と葬儀屋だと言う。そのどれとも費用の点でごたごたが起っており、そのことの相談に来ているのだが、結局はこれから何処《どこ》かでいっぱいやらねば収まりそうもないというのである。葬儀屋というのは、津上の説明によると、本職の葬儀屋用として配給を受けるガソリンを廻して、片方でサウンドトラックを動かしており、闘牛の宣伝に、大阪、神戸の街に出場させるサウンドトラックも、結局は葬儀屋の厄介にならねばならぬというのであった。

「漫才とレヴューガールと蓄音機を積み込むサウンドトラックと、火葬場に向う霊柩車と、どっちも同じ会社の同じギャレージから飛び出すんだぜ、尤《もっと》もそれでいけないという理由は、どこにもないんだが――」

津上はそんなことをにこりともしないで言った。津上が仕事のために疲れて、いらいらしていることはさき子にもよく解った。しかし一面、津上が口ではくさくさしたように吐き出しながらも、そうしたいかにもこの混乱の時代らしい何処かまともでない事務や事件に取りまかれ、その中で抜き差しならなくなって闘っているその事に、一種の津上らしい陶酔のあることもさき子は見逃さなかった。

さき子は往《ゆ》く時とは打って変って、身体も心も暖めようもない程冷え込んで、西宮北口の寒いプラットホームに一人立って大阪行の電車を待った。マフラーですっかり頭を包んで、駅の木柵によりかかっている時、ふと、津上は今度の闘牛の事業で失敗するのではないかと思った。それは電撃のように、どこからともなくさき子の頭に閃《ひらめ》いた思いであった。さき子はぶるぶる身を震わせながら、ああ、あの人は失敗する、あの人は失敗すると、確信のような強い予感に襲われながら、それが愛着であるか呪《のろ》いであるか解らぬ感情で、いま別れた津上の寒そうな後姿を思い浮べていた。

闘牛大会が十日程先に迫ると、大阪新夕刊は一面も二面も闘牛大会の記事で塗りつぶしはじめた。大新聞だとそう簡単には自社の主催事業の宣伝に紙面をさくわけにはゆかないが、そこは小夕刊新聞の有難さで、さして重要なニュースでない限り、片っ端から闘牛大会の宣伝記事と振りかえた。社説のカットにも牛の頭が使われ、当っている連載漫画にも、闘牛が登場して来た。到頭、津上のやつ牛の新聞を出しはじめやがったと、B新聞の口の悪い連中の言葉も、何回となく津上の耳には入っていたが、津上も社長の尾本もいっさい聞かない振りで、大会当日までは強引に牛の新聞で押し通す腹を決めていた。懸賞募集した闘牛大会の歌の選が発表になると、引き続いて晴れの出場牛二十二頭の大会名の募集が社告された。同じその日、少しあくどいが追いかけて勝牛の予想投票をやったらどうでしょうと若い記者が言うと、よしそれも行こうと直《す》ぐ津上は取り上げた。そんな時津上は煙草《たばこ》を口に銜えたまま、一瞬焦点を失《な》くしたような眼をするかと思うと、次の瞬間殆《ほとん》ど思案の余地のないすばやさで、ずばりと採否を決する返事を少しかん高い声で相手にぶつけた。そうした時の津上の態度には、頭の冴《さ》えというよりも、少々神がかったようなところが感じられた。大会が近付いて彼をめがけて殺到する雑多な用事が多くなるにつれ、津上は次第に無口に、次第に活動的になって行った。

一方、若い記者のTが主になって引き受けている紙面以外の広告宣伝も相当派手な展開ぶりを見せていた。梅田、難波、上六などのターミナルや地下鉄の駅の要処要処には、角と角とを突き合せている二頭の牛を画いた大型ポスターが、そこに集まり散る群集の眼を惹《ひ》いていた。そして同じ図柄の小型ポスターの方は、各郊外電車、バスのどの箱にも漏れなく吊《つ》るされていた。それから心斎橋の某劇場で発表会を行なった〝牛相撲大会の歌〟は、毎日のようにつっ走るサウンドトラックの上のマイクから、小寒に入ったバラックの街々に吹きつけられていた。このサウンドトラックは大阪に三台、神戸に二台、いずれもレヴュー劇団のワンサたちを載せて、連日出動しているのであった。

これらに要する費用は予定をはるかに超過して、リングや牛舎の設置に要した費用を合せると、大阪新夕刊としては、相当手に余る負担だった。会計が先《ま》ず悲鳴を上げた。出張費、宴会費、雑費の極端な節約と、社員たちがポケットマネーの窮乏を一時的ではあるが救うために、半ば公然と黙認されていた給料前借の停止が発表され、毎月十五日に支給されていた夜勤料の支払までが、月末に延期されることになった。夜勤料支払延期が掲示板に張り出された時、

「津上さん、これ以上の支出はちょっと困りますな。十五日の夜勤料にしたって、あれをあてにしている社員は相当いるんですからね」

と、津上は会計部長から痛い釘《くぎ》を一本さされた。

津上が田代から「アスアサ六ジ、ウシ、サンノミヤニツク」の電報を受け取ったのは大会三日前だった。二十二頭の牛の牛舎も西宮駅前の焼跡に出来上っていたし、飼主や勢子《せこ》たち関係者百余人の宿舎も、それぞれ西宮市内の焼け残っている旅館、料亭に割当が終っていた。その晩、尾本と津上は、尾本の行きつけの梅田新道のバーでウイスキーのグラスを上げた。

「まず、これで、牛は間違いなく、現われるだけは現われて来ますよ」

二人ともほっとした面持だった。

「全くね、途中で貨車ごと消えでもされたらおお事だからな。それにしても随分費《つか》っちゃったもんだな」

尾本の言葉には幾分の不平が感じられるのであったが、津上は聞かない振りして取り合わなかった。

「事業はいま予定の五倍はかかるのが普通だといいます。それが三倍で上りゃあ、まあいい方でしょう」

「もう、大口で要ることはないだろうな」

「多分、ないでしょう。あっても、なんとかなりますよ」

「君は生粋《きっすい》の新聞記者だからそう言うが、十万、二十万となると、そうそうたやすく動かないからな」

　まかり間違えば、社長、あなたが持っているじゃありませんか、危く出かかった皮肉を押えると、津上はむしろ静かな口調で言った。

「五日後には百万円の新円が転げ込んで来ますよ。社長」

　一日の入場者を三万として、開催中の三日間で約十万の入場者が予定されていた。リングサイドの五十円券が五千枚、内野の四十円券が二万枚、残りの七万五千枚が外野と内野後方の三十円券だった。総売上金三百三十万円、百万円の支出を差し引いて二百三十万円が純利益となる。それを田代と山分けにしても、ざっと百万円は転げ込むというのが、津上の持っている計算だった。

もともと社長尾本の太っ腹な無軌道な経営方針に対して、手綱をしめてやって行くのが津上だと、社の内外から見られていたのだが、いつか二人の地位は顚倒《てんとう》しているのであった。それを一番よく知っているのは二人であった。津上は、尾本のぬうっとした大まかな風貌《ふうぼう》の中に、意外にもこまかく畳み込まれている計算と小心をはっきり見抜いていたし、尾本は尾本で明敏で通っている若い新聞記者の、いかにも几帳面《きちょうめん》そうな、気難しくさえある固い外見の中に、一点信拠し難い痴人の欲情のような溺《おぼ》れを、永年の人を看《み》るかんで一抹の不気味さをもって覗《のぞ》いている気持だった。

翌朝津上は一番の省線で三宮駅に行ったが、田代の思惑より二時間程早く、貨車は暁方《あけがた》の四時に着いて、一行は既に構内の一角に降り立っていた。霜柱の厚い寒い朝だった。二十二頭の牛はいずれも二百貫に余る堂々たる体軀《たいく》から湯気を立てながら、それぞれ勢子たちに附き添われて駅の木柵に縛られていた。荷置場の建物の横の方で焚《たき》火《び》している一団の人々のうちから、寒そうに革外套《がいとう》に顎《あご》を埋めた田代がやって来て、津上さんと、いかにも嬉《うれ》しそうに声をかけて近寄って来た。

「どうです、豪勢なもんでしょう」

と牛の方を顎でしゃくって、

「神戸や大阪で残飯を喰っている牛とはわけが違いますからな」

挨拶《あいさつ》はそっちのけで、両手をポケットにつっ込んだまま煙草を銜《くわ》えている今日の田代は、いかにも勝ち誇った興行師といった感じだった。

「大変だったろう」

「ところが貸切貨車のお蔭《かげ》で案外のんびりとやって来ましたよ。だが道中の長いのには参りましたがね、なにしろあっちへ一泊、こっちへ一泊、今日で五日目ですぜ」

大して参っているとも思われぬ顔で言うと、

「それはそうと、牛のお練りの方は手抜かりなく行っているでしょうな」

と早速仕事の打合せを始めた。今朝八時に三宮を出発して、それから神戸市内を一周して西宮の宿舎まで相撲牛の行列をやる手筈《てはず》になっていた。そして明日は西宮から大阪へ練り込み、大阪市内を一巡して後再び西宮へ帰る予定だった。津上は長い間汽車に揺られて来た牛の躰《からだ》のコンディションが何より気がかりだったが、田代はてんで問題にしていなかった。

「奴ら長いこと運動しないから却《かえ》って歩かせた方がいいんです」

それから空を見上げて天気模様を確かめると、今度は腕時計を覗き、一応駅長にだけは挨拶して来るといって、出動部隊の状況を視察する部隊長の満足気な足取りで、向うへ去って行った。

津上が、W市で世話になった顔見知りの飼主たちのところを挨拶して廻っていると、W市から一行と一緒に貨車に乗ってやって来た社の記者のNが、ちょっとお耳に入れておきたい事があるんです、と津上を横に引っ張って行った。そして、「あれを見て下さい」と言って、構内のずっと西の端《はず》れの、木柵がそこだけ切れて外部との出入口になっているところで、四、五人の男がトラックに荷物の積込みをやっているのを、何か意味ありげに眼で報《しら》せた。見ると、そこの一団の中には田代の姿もまじっていて、トラックの横に立って積込み作業を監督している恰好《かっこう》であった。

「あの荷物は全部牛の飼料だと言って、田代の奴が運んで来たものなんです。われわれは、田代の奴相当の喰わせ者だと睨《にら》んでいるんですが」

Nの話によると、田代はW市で牛の飼料だと言って、貨車の中にどしどし得体の知れぬ菰《こも》包みを積み込んだ。余り数が多いので、不思議に思ってその中の一箇を改めてみると、鰹節《かつおぶし》がぎっしり詰っている。他の一箇を開けてみると、黒砂糖が溶けて流れ出してきたという。

「実にふざけた牛の飼料なんです。その他何が飛び出すか解《わか》ったもんじゃないです。しかしうちの社としては、ともかく仕事の大切な相棒なので、田代のすることは見て見ない振りをしてやって来たんですがね。しかし高松では愉快でしたよ」

折悪《おりあ》しくぶつかった紀州沖の地震のために、高松では貨車を連絡船にすべり込ませるレールがずれてしまって、どうしても八輛《りよう》の貨車の半分は、牛も荷物も一応貨車から降ろして、船に積み込み、宇野で改めて別の貨車に積載しなければならなくなった。この時はさすがの田代も周章《あわ》てた。彼はその日一日高松を駈《か》け廻っていたが、夜になると五、六人の男を連れて来て、彼のいわゆる飼料なるものを貨車から降ろして、どこかへ運び去ってしまったと言うのである。

「だから、いまトラックへ積んでいるのはその時無事に貨車ぐるみ通過した残りの四輛分の物資なんです」

Nは余程腹が立っていると見えて田代を糞味噌《くそみそ》にやっつけた。津上にとっては、こうした事件も強《あなが》ち予想できぬことではなかったが、いま実際にそれを目撃していると、やはり不快さがこみ上げて来るのであった。津上はトラックの傍まで行って、背を見せて立っている田代の革外套の肩を敲いた。振り向いた田代は津上と知ると、急ににやにやして、

「見付かりましたか」

と言った。

「見付かるさ、おおっぴらに堂々とやっているじゃあないか」

「どうもねえ」

と田代は曖昧なことを言っていたが、急に真顔になると、

「実はこれは岡部さんの荷物なんです」

と言った。言われて見ると、なるほどトラックの車体には岡部の会社である阪神工業の白い四つの文字が浮き出ていた。田代は断われなかったと言う。なにしろ普通なら動かない車輛《しゃりょう》を岡部の口ききで八輛も動かして貰《もら》ったのだから、その代り、ついでにこれを積んで行ってくれと言われると、断われなかったと言うのである。

「まあ、見て見ない振りをしていてやって下さい。あの男はこれからも役に立つことがありますさあ」

「余り役に立って貰いたくないな、ああした人物は――」

津上が先刻からの不機嫌な顔を壊さないで言うと、

「ところが、津上さん、残念ながらあの人物に今日明日にでも、一肌脱いで貰わないと困ることが出来ているんですよ。それというのは牛の喰いぶちなんです」

と田代は言った。

相撲牛には、競技の前の二、三日は、ふんだんに米と麦とを喰わせなければならず、

試合当日は酒も卵も与えねばならないが、二十二頭になると、米麦にしろ、酒にしろ、ちょっとやそっとの量では済まないという。田代はこの相撲牛の喰いぶちを愛媛県の方でなんとかして特配して貰う算段だったが、到頭これだけは幾ら頑張っても許可が降りなかったと言った。まして、それでなくても主食の獲得に音を上げている兵庫県や大阪府では、特配を申請しても出来ない相談である。そうなると、さしずめ岡部に泣きつく以外手はなさそうだと言うのである。

「あの人の所に行けば、牛の二十頭や三十頭、たかが二、三日喰わすくらいのものにはこと欠きませんよ」

田代は津上に話している間でも、時々トラックの積込み作業に口を出しては、注意したり指図したりしていた。津上は何か漠然と眼に見えない糸のようなものが、知らないうちに自分を取り巻いて張りめぐらされているような不安を感じた。そんな気になって見ると、田代の図々《ずうずう》しさには、此《こ》の間までとは違った、ここまで来たらもう後は何でも押せるといった不快さが眼について来るのであった。しかし、ともかく牛の飼料のことだけは棄《す》てておけない問題だった。

「よし、岡部には僕から交渉しよう」

と津上は言った。

津上がそこを離れて一行の屯《たむろ》している場所へ戻って来ると、すでに社の関係社員も顔を揃《そろ》えて四辺は賑《にぎ》やかになっていた。あちこち飛び廻って、牛たちをカメラに入れている写真部員の姿も見えた。七時になると牛の市内行進の準備が始まった。牛たちが派手な化粧廻しを背にかけ始めると、いつか長ズボンをニッカーボッカーに穿《は》きかえ、外套を脱いで腰までの半外套を着て、ハンティングを冠《かぶ》った田代が現われた。彼は今日行列の背後からトラックに乗ってついて行き、行進の一切の采配《さいはい》を揮《ふる》う役を持っていた。

記者のYが方々探したといって津上の所へやって来た。記事はともかく写真の方が締切時間までに危いから牛行列の出発を一時間早めていいかという。田代と相談していいようにやってくれと答えると、Yは、

「今日の紙面は大変なんですよ、整理の奴等《やつら》悲鳴を上げると思うんです」

と笑った。

「なにしろ二・一ストと璽光尊と超トップ記事が二つあるところへもって来て、牛の大名行列も入れたいし、〝牛と道中〟の特派員の記事もありますからね」

「まあ、もう二、三日の辛抱だ、眼をつぶって行こう」

と、津上は言った。このところ限られた紙面に大きいニュースがかたまって殺到し

ていた。他社の新聞はどれも特に二・一ストの経緯に神経を尖《とが》らして、この二、三日の編輯《へんしゅう》の焦点はそこから動かさずにいるのだったが、津上は実際に眼をつぶる思いで強引に闘牛大会を中心に紙面を作っていた。

Ｙは時計を見ると、

「ああ、もう七時か、今日はひどく忙しいですよ」

と言って、煙草《たばこ》に火をつけると、白い息と一緒に煙を吐き出して、それから小走りに田代のいる方へ去って行った。

いよいよ予定より早く牛の行列が出発することになって、二十二頭の牛たちはそれぞれの名を染め抜いた幟《のぼり》を先に立て、勢子二名に左右から附き添われて、一間の間隔をとって構内を出発した。すでに駅の柵《さく》に沿った街路には物見高い群衆が人垣を作っていた。津上がそれを見送っていると、マイクや社旗などを抱えた社員たちや牛の飼主たちといっしょに、一旦《いったん》一番殿《しんがり》のトラックに乗り込んだ田代が、車が動き出す間《ま》際《ぎわ》になってから一人派手な動作で飛び降りると、津上のところへ走って来た。そして大事な忘れごとをしていたと笑いながら、

「明日の二時頃まででいいんですが、十万円ほど都合して来て下さい」

と、何でもないことのように言った。

「勢子たちの日当は、大会が終ってからお宅で払って頂く筈《はず》でしたが、奴等前金でほしいと言うんです。お手数かけますが、お願いしますよ」

津上はちょっと弱った気持だったが、しかし新聞社として大会を明後日に控えて、それくらいの金がないとは言いにくかった。津上が返事に迷っていると、田代はそれにお構いなく、

「さあて、用事はこれだけだったかな」

と、ちょっと考える風にしていたと思うと、

「じゃあ――」

と軽く手で会釈《えしやく》すると、もう津上に背を向け、外套の襟からでているマフラーをはたつかせながら、がっちりした躰がのめるような恰好で、トラックの方に駈け出していた。

津上はひとり大阪の社へ引き返した。社の階段を上って行くと、上から降りて来た宿直の記者が二時間ほど前からこの人が面会に来ていますと言って、一枚の名刺をポケットから取り出した。見ると最近新聞雑誌は勿論《もちろん》のこと、電車、バスの中から街頭にまで、「清涼」という口中清涼剤の広告を出して、業界に全くのニューフェイスとして、めきめき売り出している東洋製薬の社長三浦吉之輔だった。三浦という人物に

は津上は勿論面識はなかったが、広告広告でひた押しに押し切って行くその派手なやり口は時々倶楽部《クラブ》でも話題になっていた。

「局長はいつ社に見えるか解らないと言ったんですが、とにかく、十二時きっかりまで待とうと言うんです」

津上が二階の応接室に入って行くと、三浦はひとり椅子《いす》に腰かけ「タイム」か何か横文字の雑誌を膝《ひざ》の上に拡《ひろ》げて、赤鉛筆でチェックしていたが、津上を見かけると、さっと立ち上って、歯切れのいい口調で、

「僕、三浦です」

と言った。三十を出たか出ないかの青年で、揉《もみ》上げを長くして、赤いネクタイをゆるく大きめに結び、一見気障《きざ》な映画助監督と言った風采《ふうさい》だったが、立ち上った態度には試合する相手でも迎える気魄《きはく》のようなものがあって、いかにもきびきびした感じだった。

「実はお願いが一つあって伺いました。というのは如何《いかが》でしょう、闘牛大会の入場券全部を私の会社に二割引で譲って頂けないものでしょうか」

立ったまま椅子に坐《すわ》ろうともしないで、三浦はいきなり用件を切り出した。突然現われたこの人物がいかなることを意図しているか、津上は咄嗟《とっさ》には理解し難い気持だ

った。まあ、どうぞ、と相手を椅子に坐らせてから、ごく短い時間のうちに、清潔な純白のカラーからよく磨いてある靴の先まで、今日の時勢では第一級の、それだけに強引に金に物を言わせている青年紳士の服装を観察し、次に少しく険しすぎる意欲的な眼が特徴となっているその容貌《ようぼう》に目を移した。顔には育ちのいい人間の持つ、物怯《ものお》じしない明るさと素直さがあったが、眼には若さだけでない精悍《せいかん》さがあった。

津上の返事が長びくと、三浦は相手に暫《しばら》く考える時間を与えているかのような余裕のある態度で、ポケットからシガレットケースを取り出すと高級煙草を一本抜き取り、それに火をつけてゆっくりと紫の煙を吐き出していたが、やがて前よりは静かな語調で言った。

「非常に虫のいい交渉のようにお考えでしょうが、その代りと言ってはなんですが、その入場券の代価は唯今《ただいま》でも全額前金でお渡ししてもいいんです。御社にしてみたら売上金の二割は損をなさる勘定になりますが、一方、雨が降ろうと地震があろうと、この事業には絶対に失敗がないということになります」

ここで三浦は脚を組み直し、自分の言葉の反応を待つように津上に見入ったが、津上がなおも無気力に黙り込んでいるのを見ると、

「入場券の全部を買うと言っても、それは楽屋裏のお話で、勿論表向きは御社で発売

して戴《いただ》いて結構なんです」

と、自分の申出を補足した。

「二割引でお買いになって、それをあなたの方ではどうなさるおつもりです」

と津上は初めて口を開いた。

「宣伝に使いたいんです」

「なるほど」

津上は自分の顔の頰のあたりの筋肉が妙に硬《こわ》ばってゆくのを感じた。どこか即答を迫っているような、自信満々たる相手の態度にむらむらと反撥《はんぱつ》を感じて来たのである。

「どういう宣伝方法を採られるか、一応聞かせて戴きたいと思います。その上で考えさせて戴きましょう」

こう言ってから、津上はいつか自分が全く三浦と同じ語調で、同じように事務的な短い語句を並べていることに気が付いた。そして軽い苛《いら》だちを覚えた。三浦の説明によると、二割引で買いとった全入場券に〝清涼〟の小袋を一個ずつ添附して売りたいというのである。闘牛大会の入場者はつまり〝清涼〟を一個ずつ景品として貰うわけで、〝清涼〟一個の売価が七円だから、入場者は闘牛を見た上に、一個七円の景品にありつけるわけで、新聞社としても、決して悪い話ではあるまいというのである。

「二割引で入場券を買って、七円の景品をつける。それで、貴方《あなた》の方は赤字になりますか、黒字になりますか」

「私の計算ではとんとんでしょうな、どっちに転んでも大した数字にはならんでしょう」

「とんとんで行くとすると――」

津上は口辺に軽い皮肉な笑いを漂わせながら三浦を見詰めた。

「結局は無償で〝清涼〟の広告が出来るというわけですね」

「そうです。入場券が一枚残らず売れた場合はそういうことになります。だが仮に売れないとすると――」

今度はここで、三浦がにやりとした。

「売れなかっただけが私の方の損になる勘定です。まあ一種の賭博《とばく》ですな」

三浦は煙草にライターの火を移す時だけ、下を向き後は終始昂然《こうぜん》と面を上げていた。三浦の提案が果して社にとって割のいい話か割の悪い話かは、津上にも一寸《ちょっと》見当がつかなかった。しかしこの事業が成功するものとすると、総売上金三百三十万円の二割、六十六万円がのっけから消えてしまうわけである。これは確かにいまいましいことに違いないが、確実に八割の金が、しかも前金で入ってくることは、殊に今朝田代から頼まれた十万円そこそこの金策さえ一寸当のついていない現在の津上にとったらこれは明らかに大きい魅力であった。しかし、一種の賭博ですな、と挑むように投げ出した三浦の言葉を耳にした時津上の心は決った。

「折角ですが、御希望に副《そ》いかねると思うんです。入場者全部に〝清涼〟を配られるとなると、どうも、お宅の方の資本でこの事業が行なわれたような印象を世間に与えやすいと思うんです」

「なるほど」

気のせいか、一瞬三浦の顔から血の気が引いたように見えた。と、それに救いの綱を投げ与えるように、津上は始めて自分より年下の青年に対して余裕を取り戻して言った。

「で、入場券全部をお譲りするわけには行きませんが、たってとおっしゃるなら、リングサイドの五十円券五千枚ならお話に乗りましょう」

「リングサイドですか。それは困りますな」

津上の気持が相手に響いたのか、三浦の言葉は申出を断わられた男の口調ではなく、むしろ相手の申出を断わっているような傲岸《ごうがん》な口吻《くちぶ》りであった。

「広告の効果から言うと、私の方はリングサイドの特等席入場者には全く縁がないのです。入場券全部を譲って頂くにしても、この特等席の入場者は、こちらでは初めから棄ててかかっているのです」

三浦に言わせると終戦後、時代は全く変っていた。口中清涼剤のような、あっても無くてもいいような薬を愛用した従来の中産階級は全く没落して、今や三等席クラスに属しており、リングサイドの特等席クラスは清涼剤なんててんで受け附けない新興勤労階級が占めているというのである。

「どうでしょうか」

と三浦は言った。

「どうせ一部を譲って戴くのなら、三等席の方を全部頒《わ》けて戴けませんか」

「三等席となると、こちらが困りますね。三等席の方はほっておいても売れると思うんです。売れ残るとすれば、リングサイドで、この方が私としては心配なのです」

「そうですか。では致し方ありませんな。甚だ私としては残念ですが――」

三浦は、なお暫く考え込んでいたが、思いきったように立ち上った。そうしてもう一度真直《まっす》ぐに津上の方に顔を向けると、

「気象台ではここ数日中に雨になると言っていますが――」

と言った。津上は無礼極まる青年の言葉を途中で遮った。

「知っています。新聞社としても、もともとこの仕事は賭博です」

「なるほど」

三浦は帽子を取りながら、初めて交渉はこれで終ったといった素直な微笑を浮べた。驚くべき事務的なものを身につけている青年であった。彼は立ち去り際《ぎわ》に些《いささ》かの卑屈さも感じさせない態度でもう一度言った。

「明朝九時、改めてもう一度ここに伺ってもいいでしょうか。それまでにもう一度私の申出を考えてみて戴きたいと思うんですが」

「どうぞ――。多分、私の方の考えは変らんと思いますが」

津上もいつか切り口上になっていた。相手に白刃を突きつけられると、いつか自分もぴったりと、自分の刃先を見詰めてじりじりと押してゆく性格を、津上はいつも興奮のさめた味気なさで思い返すのであったが、この場合もやはりそうであった。故知《ゆえ》らぬ悲しみと疲労と、そして微《かす》かな悔いが、三浦を送り出した後の彼の心を重く暗くしていた。この際、全部の入場券を譲らぬとしても、半分だけは金にしておく確実な交渉を成立させるのが現在の津上としての取るべき定石であったかも知れぬ、それを自分に許さぬ三浦の持っていたものは一体なんであったろうかと思う。しかし、三浦に関するそうしたもやもやした思念は、間もなく消えてしまった。仕事がいっぱい彼を待っていた。

社の近くで簡単な昼食をとり、津上が編輯局に顔を現わしたのは、一時の降版間際だった。牛行列の記事も写真も支障なく到着し、それらがすでに仮刷り三分の一を埋めていた。三宮駅前で牛行列が出発する時撮った写真の取扱いが、少し眼をむきすぎた嫌いはあったが、大会を明後日に控えたこの際、紙面がいくら派手であろうと、派手すぎるというわけはなかった。若い社会部員の牛行列の記事も、案外ふくらみのある筆で、適度の諧謔《かいぎゃく》と煽情《せんじょう》とを交えて、まあ成功していると思った。これはこれでよし、と、津上は一息入れた気持で煙草に火をつけると、これから今日中に十万円の金策と牛の食料の問題を解決せねばならぬと思った。

三時に津上は社を出て、自動車で尼崎の岡部弥太の会社に向った。国道から山手に少し入った焼跡の一隅に、岡部の会社である阪神工業は木造の二階建ではあるが、思ったより大きな構えを見せていた。建物全体が薄い水色のペンキで塗られ、窓を思いきって沢山取って大型の硝子《ガラス》をはめ込んだところは、一寸サナトリウムでも見るような明るい感じだった。そこの一階の廊下の突当りの贅沢な広さを持った社長室に、岡部弥太は文字通りふんぞり返っていた。彼は何一つ置かれていない大きな事務机に向っていたが、津上を見ると、やあ、やって来ましたな、と言って廻転椅子を廻した。

部屋の隅には石炭ストーブが焚《た》かれ、その暖気で部屋の内部はむんむんしていた。曇り日の筈であったが、南側を全面窓にとり、その広い硝子を通して一面に降って来る戸外の光線は、室内を陰影というものの殆《ほとん》どない、筒抜けの明るいものにしていた。その明るさの中で見ると、岡部は去年の暮梅田新道の薄暗いビルの地下室で会った時よりずっとふけていた。

彼は相変らず愛想がよかった。早速給仕にウイスキーを運ばせると、

「お茶よりこの方がいいでしょう。とにかく今日はゆっくりして下さい」

と言って、執拗《しつよう》に二、三杯グラスを空けさせ、自分も例の薬でも含むような荒っぽい飲み方で、立て続けに五、六杯あおった。ウイスキーが入ると岡部は眼に見えて饒《じょう》舌《ぜつ》になって来た。津上が例の闘牛大会が明後日から開かれるので、今日はあまりゆっくりしていられないと言うと、

「仕事はすべて下の者に任せんといかん。あなたの受持は案を立てることと、それを命ずることにある。それだけでいい。それ以上のことをしてはいけない。私をごらんなさい。私は一日中こうして何もしてはおらん。それでいいんです。かといって、そんなら私が居なくていいかというとそうでない。私が居ないとこの会社は今日からでも潰《つぶ》れますよ」

には多少の興味があった。津上が一応それらの用途を説明して、阪神球場の闘牛大会事務所に、できれば明日正午までに届けて戴きたいと言うと、岡部は、また大変なお客さんですなあと笑って、

「よろしい、御用立てしましょう」

ときっぱり言った。

「代金の方は――」

「阪神工業が寄附しますよ。闘牛大会へのお祝いです」

それでは困る、代価を言って貰《もら》いたいと津上が言うと、岡部は鷹揚《おうよう》に笑った。

「新聞社を喰い物にせんでも岡部の会社は肥《ふと》りますよ。さあ、用件はこれで済んだ。後は大いに飲みましょう。私はどういうものか、あなたという人間が気に入っている」

津上は腹をきめてウイスキーのコップを取り上げた。煙《けむ》にまかれながらも、津上に無断で牛の貨車に闇《やみ》物資を積み込ませた、転んでもただはおきぬ陰険なやり口は、いま眼の前でウイスキーを口に抛り込んでいる頗《すこぶ》る上機嫌の、小さい男の何処《どこ》にも想像することは出来ないのであった。

岡部は女事務員を呼んでチーズを持って来させ、別に夕食の支度をしてここに運ぶ

ように命じた。それから二時間程二人は飲みながら喋《しゃべ》った。と言っても、話すのは殆ど岡部の方で、津上は半分は岡部の話を聞き、半分は闘牛のことを考えていた。岡部は事業の話をし、それが済むと政治の話に移り、それから宗教やら女やら彼の恐るべき饒舌は手当り次第八方に拡《ひろ》がった。彼一流の見解と批判がきらきらと不思議な生命を持っているのは、岡部の言葉をもって語られている間だけで、それを津上が受け取ってみると、その大部分は鼻持ちならぬ俗論に化して仕舞っているのであった。岡部の呂律《ろれつ》が大分怪しくなってきた頃、津上は新聞記者の習性を現わして話題を変えた。

「米麦二石と言えば相当の量ですが、あなたの所へは、どうしてそれが入って来るのですか」

初めから一度は訊《き》いてみようと思っていた疑問だった。

「あんた、どんな方法だってありますさあね」

岡部は人を喰ったようにきょとんとした顔つきで言った。

「まあ考えてごらんなさい。私んとこでは農機具を農村に出しています。その見返り品として農村から叺《かます》をこちらに送らせているんです。一つの叺に、あなた、一升の米を入れてごらんなさい。叺の底の方にちょんびりですぜ。もし調べられても、払い落しの残りぐらいで立派に通ります。十枚の叺で一斗、百枚ではどれだけになります。

それが千枚になると——」

津上は連日の疲労と漸《ようや》く廻って来た酔いで、身体がだるく瞼《まぶた》が重かった。眼を窓に向けると、窓外はいつか暗くなって、窓硝子に室内の暖気が幾条もの水滴を流していた。

「私の取引先の農村を一県三十として、近畿六府県だけで百八十カ村、一つの村でかりに叺を百枚送ってよこすと数えて——」

岡部も酔っているのか、ウイスキーのグラスを運ぶ手が少し宙を泳いでいる。津上はもうろうとした意識とはっきりと透き通っている意識の雑居している頭の中で、岡部がなお大悪人か小悪人か判定しかねる思いで、岡部の真偽いずれとも判《わか》らぬ計算を聞いていた。


翌日津上は八時に社の宿直室で眼を覚した。地下室の食堂で簡単な朝食を終わると、九時に三浦と会う約束があるので、二階の編輯局《へんしゅうきょく》に顔を出した。いつでも午後でなければ顔を出さない社長の尾本が、窓際で瀬戸の大火鉢を宿直の若い社員三人と囲みながら雑談していた。尾本は津上の姿を見ると、

「大分曇っているが、まさか明日は大丈夫だろうな」

と言った。寒に入ってから寒さはきつくなった代りに、からりと晴れた日が続いて来たのだが、ラジオの天気予報の報《しら》せるように昨日あたりから少しく空模様が崩れて来ていた。それに急に寒さが薄らいで陽気が暖かくなったのも気になった。

「大丈夫でしょう。まだ四、五日は持つでしょう。それに南方の低気圧は東方に移動し始めたと気象台では言っていますよ」

　と津上は言った。彼は起きるなり気象台に電話をかけていた。津上にとっては、それより今日二時までに田代に渡さなければならない十万円の金の方が先決問題であった。昨夜遅く岡部の会社より帰り、頭の芯《しん》がずきずきと痛むのを我慢して、予《あらかじ》め物色しておいた事業家二人に電話をかけたのだが、一人は生憎《あいにく》上京中で留守、他の一人は三、四日先ならなんとでもなるが、今明日では困るという返事だった。昨日は強くつっぱねたものの、朝眼覚めた時から何回となく三浦吉之輔の顔が彼の瞼をかすめていた。昨日はあれほど大きな口をきいたが、しかし今となると彼の申出を承諾する以外、差し当って十万円の金の出所はなさそうであった。津上が三浦の申出の件を一応尾本に話すと、尾本は急に真顔になって言った。

「空模様がこう怪しくなると、三浦も一応その話を引っ込めると思うね。そりゃあ、君、昨日のうちに手を打つべきだった」

尾本の言葉には、津上の処置に対する不満の色がはっきり現われていた。

「いや、三浦はやって来るでしょう」

と津上は言った。

「今朝九時に来ると言ったのだから、あの男はおそらく約束を破らんでしょう。昨日と今日で、企画を変更するような男ではない」

実際、三浦なら雨が降ってもやって来そうに津上には思われた。

「相手は、君、名うての商売人だぜ」

にがにがしげに尾本は言った。

しかし、津上の予想した通り、三浦は果して九時五分前にやって来た。応接室で津上と尾本と三浦の三人は一つの卓を囲んだ。

「僕の見るところでは、雨八分、晴二分というところですな。僕としては危険な綱渡りですが、僕は二分の晴の方に賭《か》けようと思うんです。どうでしょう、津上さん、昨日のお話は――」

三浦は口では、危い綱渡りだと言いながら、彼の取引には微塵《みじん》の動揺も感じられなかった。昨日と同じように顔を昂然《こうぜん》と上げ、尾本と津上を等分に見守りながら、小面《こづら》憎いほど落ち着いてイエスかノーかの返事を待っていた。ところが次の瞬間奇妙なことが起った。

「折角ですが、この話はやはり打ち切って貰いましょう」

と言ったのは、津上ではなくて尾本だった。息切れする程せき込んだ口調だった。三浦の持っている異様な強気が、不思議な刺戟《しげき》を尾本に与えたのであった。この若い男のために自分の手許《てもと》から逃げて行くかも知れない六十六万円が、急に尾本には惜しく思われて来たのであった。

「そうですか、解《わか》りました」

どんな意味にでも取れそうな笑いを浮べて、三浦はこう言うと、後はもう一切この問題には触れず、経済界の動きのことなど少し話して、恰《あたか》も商談に成功した男のような快活な足どりで帰って行った。三浦を送り出して、編輯局に帰ると、尾本は興奮した調子で津上に言った。

「十万円は僕の方でなんとかする、正午までに工面して来るとしよう。間違いなく明日は天気だよ。君、雨なんぞ降られて堪《たま》ったもんじゃあない」

尾本はそれからもやたらに鼻をハンカチでこすり、明日が天気であることを相手構わずにまるで自分の信念のように披露して廻ると、何処《どこ》かにあたふたと出て行った。

が、正午を少し廻った頃、十万円の紙幣束を持って帰って来た。そしてそれを津上に

手渡す時、

「友達から融通して貰って来た金なんだがね」

と附け加えることを忘れなかった。自分の金でなく、友達の金だというところに、金利を勘定に入れている尾本の計算の細かさがあった。

田代と会う約束の二時には少し早かったが、津上は球場の事務所に出掛けた。するとすでに田代は来ていて股《また》火鉢をしながら煙草《たばこ》を銜《くわ》えていた。田代は津上の顔を見るなり、

「昨日お願いしたものを持って来て貰えましたか」

と言った。その田代の表情に津上は真剣なものを感じた。

「持って来た。これだけでいいの」

津上は鞄《かばん》から取り出した紙幣束を無造作にばさりと机の上に投げ出した。

「結構ですとも、こりゃあ、どうも――」

田代はそれを摑み上げると、今度はいやにゆったりと、それを革外套《がいとう》のあちこちの大きなポケットの中に納め、余った分を風呂敷《ふろしき》に包んだ。

「もう二、三十万円用意してくれればよかったんですが、まとまった金を持ち歩くのは、どうも私あ嫌いでしてね」

田代はかすれた声で笑った。

そこへこの三、四日この事務所に寝泊りしている記者のMが現われて、驚きましたよ、津上さん、と大仰な身振りで言った。

「今朝四時にたたき起されて何事かと思ったら、米と麦と酒がトラックで持ち込まれて来たじゃありませんか」

昨夜、席を改めて飲もうという岡部の執拗な勧誘を振りきって、津上が岡部と別れた時は、もうかれこれ九時に近かった。岡部は二本目のウイスキーを殆《ほとん》ど一人で平らげ、足許も大分怪しくなっていたのだが、津上と別れてから、あの呂律の廻らなくなった口で、牛の飼料の運搬を輩下の者に命じたのであろうか。津上はMに、そう、と返事しただけで、視線を窓の外の寒々とした裸の梢《こずえ》から動かさなかった。どこかでにやりとしていそうな岡部の小さいよく光る眼を津上は感じていた。

その夜西宮の料亭で、津上は出場牛の持主たちの労を犒《ねぎら》う意味をこめて、大会開催前夜の祝宴を張った。社からは尾本と津上、それに関係記者数人が出席した。その席上で、思いがけぬ情景を津上は見た。それは今度の大会で優勝候補の随一に上げられている三谷牛の飼主三谷はなが突然ヒステリックに何か叫びながら、膳《ぜん》を蹴飛《けと》ばして座を立ったことであった。四十歳前後の一寸《ちよつと》農家の主婦には見えぬ、身なりなどにも

粋《いき》なところのある肥り肉《じし》の女だったが、

「人もあろうに川崎さんにさされた盃《さかずき》がほせますか。私は生命を賭けて来たんだ。私んとこじゃあ、おやじさんも餓鬼共も、今頃は水垢離《みずごり》を取っているんですよ」

二、三杯の酒で血色のよくなった顔を、気持のいい程きゅっとゆがめて、三谷はなは啖呵《たんか》を切り、よろよろと障子にもたれかかって、一座を見渡した。彼女は酔っているのではなかった。自分の牛を勝たせねばならぬという異常な熱心は、彼女の神経を一時的に狂人に近いまでに興奮させたのであった。三谷牛と並んで同じく優勝候補に上げられている川崎牛の持主から盃をさされ、彼女は女だけに突然突き上げて来る敵意をどう処理することも出来なかったのである。

「何しろ、新聞であぁ書き立てられたら、牛の持主も自然興奮して来ますよ」

白けた座を取りなすために、盃を持って一座をぐるりと廻って来た田代は、津上の前に来るとこう説明した。田代の言葉をききながら津上は、闘牛大会について、今まで自分がすっかり忘れていた世界のあることに気が付いた。闘牛というものの最も本質的な面を津上は完全に忘れていたのであった。これは津上ばかりでなく、尾本も、岡部も、三浦も、闘牛が二匹の生きものの闘いであるということを完全に忘失しているのであった。津上に説明した田代自身も、また――。

社の三階の宿直室で津上は眼を覚した。雨だと思った瞬間、彼はベッドから飛び降りると、いきなり窓の硝子戸《ガラスど》を双方に押し開いて冷え上る外気の中に手を伸ばした。ばらばらと氷雨《ひさめ》が素肌の腕を冷たく打って来る。降り出してからまだ幾許《いくばく》も経《た》っていないらしい。時計を見ると五時である。暁方の寒さが寝衣一枚で窓際《まどぎわ》に立ちつくしている津上の総身に急に滲《し》み込んで来た。外套を寝衣の上に羽織ると、暗い階段を手探りで降りて、彼は二階の編輯室に入り、手近にある事務机の上の電燈《でんとう》を一つ捻《ひね》った。そしてそこの受話機を取り上げると、気象台を呼び出して今日の天気予報を訊いた。時ならずたたき起された宿直員の不機嫌な声が「晴れたり曇ったりですよ」と、ぶっきら棒に響いて来たと思うと、電話はそのまま先方より切れた。

津上は再び宿直室に帰ると、もう一度ベッドに這入《はい》ったが寝附かれなかった。霰《あられ》まじりの雨の音は、いつか本調子になって時々、ベッドの際の窓硝子にも横殴りに吹きつけてきた。七時に津上はベッドを出た。間もなく尾本から電話がかかった。

「困ったことになったな」

「小雨なら決行しますよ。九時までには二時間あります」

「だって雨脚はだんだんひどくなるばかりじゃないか」

尾本のいらいらした様子が見えるようであった。八時になると大会の関係社員が集まって来た。雨は時々小雨になり、また烈《はげ》しくなった。一同はとにかく球場の事務所へ出掛けていようということになり五台の自動車に分乗して社を出発した。阪神国道を走っている自動車の窓にも雨滴はとめどなく流れていた。

球場の事務所には、雨の雫《しずく》の落ちる外套を釘《くぎ》にぶら下げて、田代がひとりやたらにがぶがぶと茶を飲んでいた。

「とんでもないどじを踏みましたな。事業というものは、えてしてこんなもんですよ」

顔の皺《しわ》がいやに目立って、今日は老《ふ》けて見える田代は、いかにも不運な興行師といった落着きを持っていた。少し遅れて尾本がやって来た。彼は際立《きわだ》って不機嫌だった。誰ともろくに口をきかず、落着きなくそこらを歩き廻り、時々スタンドに出て行っては濡《ぬ》れて帰り、椅子《いす》にふんぞり返って、いやに傲然《ごうぜん》と構えてはパイプに煙草をつめた。

十時頃から雨は小降りになり空が明るくなった。

「こりゃ晴れますぜ」

と誰かが言った。

「一時からやろうじゃないか」

真先きに尾本が主張した。

「集まっても三千ですな。雨の闘牛か！」

朝から口数の少なかった津上が言った。それは周囲の何ものをも突き放すような一種の自嘲《じちよう》とも傲岸《ごうがん》とも見える冷たい響を持っていた。

「二千でも三千でも結構だ。雨だろうと雪だろうと、やらんことには喰い込むだけだ」

尾本はむきになって主張した。

十一時依然として情ない空模様だったが、雨の落ちて来るのだけは歇《や》んだ。「闘牛大会二時より開催」のビラを持って、社員たちはそれを郊外電車の沿線の駅々に貼《は》るために四方に散った。球場のスタンドのマイクは首をぐるぐると廻しながら、球場を取り巻く閑散な住宅地やこの地帯を三本走っている郊外電車の駅々の方へ向けて二時の開催を告げる声を、虚《むな》しい効果と知りながらも、ひっきりなしにばら撒《ま》いた。

二時近くなった頃からそれでも人は次第に集まって来た。老人も居れば学生、子供、風呂敷包を抱えた内儀《かみ》さん、復員風の青年、派手な服装の若い二人連れ——一口にいえば雑然としたいかにも寄せ集めの入場者であった。事務所の窓から覗《のぞ》くと、球場前の広場には三々五々、そうした人々の姿が見えた。

津上は内野席の最上層に立って、巨大なスタンドの処々に口を開いている何十かの通路口から、入場者たちがそれでも絶えることなく吐き出されては辺りに散ってゆくのを、局外者のそれのように冷たい無感動な眼で見詰めていた。時計を計ってみると十分間で約百人程の人間がスタンドに吸収されているのであった。この入場者の吸収されてゆく率は次第に増加してゆくものと思われたが、それにしても定刻の二時までに入る入場者の数は知れたものであった。勝敗の数はすでに明らかであった。球場の使用は一日の延期も許されぬぎりぎりの契約だった。従ってこの大会に雨天順延ということはあり得なかった。今日と明日と明後日の三日だけが、津上たちにとっては絶対に待ったなしの戦いの場であった。三日のうち一日の黒星は大勢には決定的なものであった。

津上の立っているスタンドの最上層からは、遠く六甲の山裾《やますそ》まで続いている田と畑と、その中に散在する工場や小さい家々の茂りが、重い暗灰色の雨雲の下に寒々と拡《ひろ》がって見えていた。瀬戸物の絵を見るような凍りついた冷たい風景であった。六甲の山巓《さんてん》近い箇所のところどころに、雪が白く幾条《いくすじ》かの線を引いて残っていた。その頂の斑雪《はだれゆき》だけが現在の津上の疲労を救っていた。敗亡のこの国からすっかり姿を消した清らかなものが、落ちのびてそこだけに集まり、互いに寄り添ってひそひそと何かを語り合っているように思えるのであった。グラウンドの一隅に作られた委員席の附近では、尾本と五、六人の社員たちが歩き廻っていた。いつかリングサイドの出場牛の縛《つな》ぎ場には、牛の名前を染めぬいた数条の幟《のぼり》が立てられ、幟は言い合せたようにびくりとも動かず、重く垂れ下っていた。津上は忙しく立ち働いたこの三カ月の間、かかる索漠たる侘《わび》しい闘牛大会の情景を一度も想像したことはなかった。なんという大きい違いだったろうと思う。しかし彼は、自分をも含めてこれらすべての情景を、結局はつき放して眺めているのであった。今やはっきりとした社の莫大《ばくだい》な損失を、少しでも少なくしようとする尾本の持つ執着も焦《あせ》りもなかった。あるものは、徐々に歴然として来る大きい誤算への、堪えられぬ寂寥感《せきりょうかん》だけであった。四つに組んでじりじりと土俵際まで押して行きながら、軽く打棄《うっちゃ》りを喰った自分の不覚さへの堪らぬ不快感だった。彼は朝から自尊心と自信の喪失に対して本能的に闘っていた。津上の眼がこの日ぐらい冷たく傲岸に見えたことはなかった。

それでも定刻の二時には、五千程の観衆がばらばらと内野スタンドにばらばら撒かれたが、尾本の開会の挨拶《あいさつ》が場内に備えつけられた三十六のスピーカーからいっせいに飛び出して、虚《うつ》ろに球場の隅々までに響き渡った頃から、再び雨が落ち始め、最初の取組である二頭の牛がリングの中央に引き出された頃は、雨脚は次第に繁《しげ》くなるようだった。

「やっぱり出来ませんぜ。観衆は帰り始めています。やめましょう」

もうこれ以上は我慢がならんといったように、Tが委員席の津上のところへやって来て言った。

「やめよう、放送してくれ」

津上はきっぱり言うと立ち上って、ずぶ濡れのまま一歩一歩確《しっか》りと地面を踏むような恰好《かっこう》でそこを離れ、グラウンドを斜めに横切ると内野スタンドの階段を上って行った。そこにはまだ千人程の観衆が立ち上ったまま傘をさしかけたり、外套を頭から冠《かぶ》ったりして、落ち着かぬ恰好で、リングにあきらめの悪い視線を投げていた。

観衆の群れの中に入ると、津上は初めて絶望的なものを感じた。誰一人かけていない濡れた腰掛けの一隅に腰を降ろし、雨に打たれながら動かないでいた。大会中止の放送が行なわれると、スタンドの観衆はいっせいに、がやがやと動き出した。津上は身内から崩れようとするものを必死に支える気持で、揺れ動く群衆の中に一人かたくなに坐《すわ》っていた。

ふと気が付くと、津上は誰かに傘をさしかけられ、雨滴から守られているのであった。津上はその瞬間さき子ではないかと思ったが、果してさき子が立っていた。

「ばかね、風邪をひくわよ、さあ、お立ちなさい」

さき子は命令するように言った。そのさき子の眼は、半ば憐《あわ》れみと半ば不気味さをもって、津上を見守ったまま動かないのであった。津上は素直に立ち上った。

「今日はこれから西宮へお帰りになったら――」

津上は喪心したように焦点のない眼をさき子の方に向けていたが、やがて自分を取り戻すと、

「待ってくれ、仕事を片附けて来る」

そう言うと、群衆の流れに逆らってグラウンドの方へ歩き出した。階段を降りて行く足許《あしもと》が危いようにさき子には思われた。ひどく参っていた。グラウンドに降りきって、一階の中央出口の所まで来ると、津上はそこにさき子を待たせ、自分だけ事務所へ行った。事務所に入ると、津上は顔色は蒼《あお》かったが、別人のようにしゃんとした常の津上だった。尾本は居なかった。訊《き》くと自動車でもう社へ帰ったと言う。津上は雨に濡れた髪をハンカチで拭《ふ》き、櫛《くし》を入れ、ネクタイの曲りを直し、煙草《たばこ》を銜《くわ》えると、少し異常さを感じさせる決断をもって、怖《おそ》ろしいスピードで仕事を一つずつ片附けて行った。牛の方は一切田代に任せ、明日組み込む記事の取扱いについては、平生《へいぜい》よりは寧《むし》ろ細かいくらいの指令を社員たちに与えた。それから最後に、津上に気を使って

なるべく口数を少なくしようと努めているその部屋の空気に反撥《はんぱつ》するように、居残っている社員たちを全部自分の周囲に集めると、宣告とも命令とも受け取れる強い調子で言い渡した。

「よく聞いておいてくれ。明日午前中雨だったら、午後になって晴れようが降ろうが、ともかく大会は中止だ。明後日一日でここの会場を沸かせればいいじゃないか」

それから残っている社員たちを帰し、津上がもう誰もいない出口に寒そうに立っているさき子の所へ戻って来たのは一時間程してからだった。二人は一台だけ残っている自動車に乗った。自動車に乗ると津上は座席に背をもたせ眼をつむった。濡れた外《がい》套《とう》の襟で顔半分を覆《おお》い、帽子の脱げ落ちそうなのも構わず眼をつむった顔は、ひどく苦しそうだった。そしてその苦しみに堪えるように、時々唇を噛《か》んでは軽くうめいた。さき子が何を話しかけても、微《かす》かに首を縦にふるか、横にふるかだけで一語も発しなかった。さき子は自動車に荒く揺られている手負うた愛人の顔をじっと見詰めていた。すっかり傷《いた》めつけられて喋《しゃべ》ることも出来なくなっているこの生き物を、彼女は初めて自分のものとして眺めることが出来た。さんざん放蕩《ほうとう》した道楽息子が失意の果てに、やはり誰でもない自分のところへ帰って来た。そんな母親の持つ勝利感に似たものが、さき子の思いをかすめた。一種残忍な快感を伴った不思議な愛情が、さき子を冷たくも優しくもしていた。首に手をまきつけ、思う存分愛撫《あいぶ》してもそのままになっている男の顔であった。その手を抜いて突き放しても、恐らくそのままになっている顔でもあった。津上と営んだ過去三年の生活にこうした彼女の立場はついぞ一度もなかった。突き飛ばされ、引き寄せられ、そして又突き放されるのはいつもさき子であった。さき子は運転手に気兼ねしながらも男の顔をハンカチで拭《ぬぐ》ってやった。津上を冷たく見降ろしている、初めて経験する不思議な欲情が、さき子を別人のように大胆にしているのであった。

闘牛大会の第一日、第二日を完全に降りこめた雨は、二日目の夕方から上った。三日目は風は冷たかったが、からりと気持よく晴れた、いってみれば絶好の闘牛日和《びより》であった。定刻の九時には予想を遥《はる》かに下廻ってはいたが、それでも一万六千枚程の入場券が売れていた。

尾本はモーニングを着て、殆《ほとん》ど一時間毎《ごと》に切符売場に顔を出し、莫大な社の損害がいかに縮められつつあるかを知るに熱心だった。田代は田代で時折スタンドの最上層に上って行っては、郊外電車の駅から球場へと続く人波を仔細《しさい》に観察し、重い革外套の裾をさばくのに骨折りながら、夥しい数のスタンドの階段をせかせかと降りて来るのであった。彼は頭の中で同じような計算を朝から何度も繰り返していた。ただ田代が尾本と違うところは、彼を周期的に絶望が襲っていることだった。田代は一個処《かしよ》に落ち着いて坐っていられなかった。委員席に現われたかと思うと、リングサイドの観衆の中をさまよい、牛繋場の前を行ったり来たりしていると見る間に、とんでもない外野席の隅の誰もいないところにひょっこり姿を現わしたりした。彼は時折立ち止ってはポケットからウイスキーの小瓶を取り出し、ゆっくりと栓を抜くと、それを口に運んだ。いずれにせよ尾本も田代も肝心の闘牛は全然見ていなかった。どの牛が勝とうと負けようと、それは彼等には係わりない、角と角とを突き合せた生き物の、何処《どこ》か間の抜けた到底理解し難いふしぎな競技であった。

津上は委員席で委員たちと並んで、堆《うずたか》く積まれた賞品と賞状と番組表を前にして坐っていた。心なしか社員たちの眼は津上には冷たく思われた。それは津上が責任を負わなければならぬこの事業の失敗に対する同情と、快哉《かいさい》と、はっきり理由の解《わか》らぬ反抗の入り混じったものだった。津上は朝からここに腰掛けて、番組とリングと広いスタンドを六分通り埋めている観衆とに、それぞれ適当に視線を投げ配っていた。といっても、彼もまた尾本や田代同様に何も見ていなかった。彼は牛の試合は勿論《もちろん》のことスタンドも、人も、勝敗を記録するボールドも、そこらに満遍なく視線を投げかけながら、実は何も見ていなかった。スピーカーは絶えず何かを放送していたが、彼の耳はてんで受け附けていなかった。津上にとってはすべては無縁な、埒《らち》もない一つの祝祭であった。時折強い西北の風が球場に吹きつけた。その度に委員席の背後の幔幕《まんまく》はばたばたと風にあおられ、グラウンドに散らばっている紙屑《かみくず》はいっせいに転がった。彼はこの闘牛を夏までに東京へ持って行く新しい企画を孤独な心の底で思いつめていた。牛馬愛護会に売り込んでもいいし、農林省でもいい、もしかしたら厚生省か大蔵省に持ち込んで、富籤《とみくじ》代用の天下御免の賭博《とばく》事業にしてもいいと思うのだ。それによって田代のあけた大穴も埋めてやりたいし、社の負債もなんとかして補塡《ほてん》しなければならないと思う。彼はこんどの失敗によって、闘牛という事業の持つ不思議な魅力の深沼に、さらに一歩深く踏み込んでいる形だった。彼を襲った雨の初日の、あの烈《はげ》しい絶望は岩に打ちつけた波のように結局彼からまた遠くへ引いて行ってしまったのであった。この大会の失敗は結局津上にはなんの傷痕も与えていないのだ。

三時になると入場券の売上げは三万一千枚になったが、恐らくはこれが登り詰めた頂点で、これ以上大した増加があろうとは思われなかった。

「ここらでしめるとして、ざっと百万円の損害でしょうな。半分にしても五十万円がとこの大穴ですな」

田代は何処からともなく委員席にやって来ると、賞状や賞品のおいてある机に無造作に腰かけて、津上に言った。観衆の手前もあるのでその不作法を委員が注意すると、やあ、これは、と言って恐縮して机からずり降りると、よろけるように津上の隣の会長席に腰をおろした。そしてふんと何ものかに反抗するような態度で、津上の銜えている煙草を無遠慮に摑《つか》み取ると、自分の煙草に火を移した。彼は大分酔っていた。

「五十万といえば、津上さん、今時大した金じゃあないが、あっしのは兄貴から借りた金でしてな。しかも高利と来ていらあ。兄貴というのが、又大したしろものでしてな。鬼ですな、全く鬼ですよ。胴慾《どうよく》な業《ごう》つく張りの凄《すげ》え鬼でさあ、ああ、嫌だ嫌だ」

田代はいかにも苦しそうに両手を宙に上げて、掻《か》くような恰好をするとそれから頭を抱え込んだ。その時田代の革外套の袖口《そでぐち》の裏が大きく綻《ほころ》びているのが津上の眼にとまった。津上はふと今までついぞ思ったこともない田代の家庭のことを思った。田代から妻子については一度も話を聞いたことがないから、或《あ》るいは死に別れたか生き別れたかして田代は独身であるかも知れない。そんな哀れさを、そう思ってみると、田代は何処かに身につけているのであった。

「事業ってものは、まあこんなもんですよ。津上さん、どれもう一廻りして来ましょうか」

田代は立ち上ると、ふらふらとそこを離れ、両手を大きな外套のポケットに突っ込んで、悠然とも蹣跚《まんさん》とも見える足取りで、リングサイドの人波を縫って牛繫場の方へ歩いて行った。

殆ど田代と入れ違いに三浦吉之輔が肩で人混みを切るような恰好で、向うから真直《まっす》ぐに委員席の方へやって来るのが見えた。その三浦の姿を見掛けると、思わず津上は椅子《いす》から立ち上った。しかしつかつかと進んで来て机を隔てて彼の前に立った三浦は、相変らず昂然《こうぜん》として眉《まゆ》を上げてはいたが、いかなる感情もその面には現わしてはいなかった。先日はどうもと、机が間になかったら握手でもしかねない態度で、

「今日は是非とも一つだけ頼みをきいて戴《いただ》きたいので上ったのですが」

と言った。闘牛大会がこんな仕儀になったことに対する些《いささ》かの皮肉もなければ、ざまあ見ろといった見下した様子も、かといって同情も憐れみも、その言葉からも表情からも感じられなかった。彼は今単に一つの交渉を持って来ただけの話であった。

「どうでしょう。大会が終了した時花火を打ち揚げるそうですが、その花火の中に〝清涼〟引換券百枚程入れさせて頂けないでしょうか。その券を拾った者に、出口で〝清涼〟一個ずつ配布したいのです。花火代はこちらで持たせて頂きましょう」

「結構です。花火の係りの者を呼びますから相談して下さい。百枚でも二百枚でも自

由に入れて打ち揚げて下さい。花火代は御心配要りません。こちらとしても大会を景気づける意味で大変結構なお話です」

話がすむと三浦はグラウンドの方を向いて手を上げた。二人の男が駈《か》けて来た。三浦は暫《しばら》くそこを離れ彼の会社の社員らしいその二人の男と何か話していたが、再び津上の傍へやってくると、万事あの二人に任せてあるので適当に指図してやって貰《もら》いたい。自分はこれから用事があるので失礼すると言うと、リングの方は見向きもしないで、忙しそうに帰って行った。

三浦吉之輔と話している間中、津上は、心に一種の緊張を感じていた。言葉にも態度にもぴんと冷たいものが入って、自然に隙《すき》のない構えが津上を固くさせるのであった。一体、あの男は何を持っているのであろう。彼の中の何が自分に敵を感じさせるのであろうか。三浦と初めて会った日彼の頭を掠《かす》めた疑問が再び津上を捉《とら》えた。しかし津上は気付いていないのであった。彼に反撥《はんぱつ》を感じさせる三浦の持っているものが、取引以外いかなる感情をも示さないエゴイズムでも、小面《こ》憎《づら》いほど明快に割り切る彼一流の合理主義でも、はたまたあの意欲的な傲岸《ごうがん》な眼でもなく、全く違った他のものであるということを。幸運が常にその為《な》すところについて廻る、いわば三浦の持って生れた星廻りのようなものこそ、津上の持っている、ともすれば破局へ突き進もうとする全く対蹠的なそれと、根本的に相容《あいい》れないのであった。津上は自分に勝つに違いない男を憎んでいるのであった。

暫くして津上が牛繋場の方へ視線を投げた時、彼は多勢の観衆の間に、岡部の小柄な姿を発見してはっとした。岡部は田代を引きつれてゆっくりした歩調で、牛繋場の牛を一頭ずつ品定めしている恰好で、一頭の牛の前に立ちどまっては、やがて次の牛の前に歩いて行くのであった。岡部と田代から少し離れて、数人の男の一団が彼につき従っていた。岡部の姿はそこらを往来する観衆に遮られて、見えたり匿《かく》れたりしたが、その小さい背広の背後姿《うしろ》は、午後の陽を斜めに浴びて、津上の知らなかった全く新しい量感をもって、悠々と群衆の間を遊泳しているのであった。二十二頭の出場牛のうち何頭かはW市に還《かえ》らないであろうと津上は思った。岡部が大会の出場牛を買い取るといった問題はすでに終った事だとばかり思っていた自分の迂闊《うかつ》さが、津上は急に滑稽《こっけい》に思われて来た。牛は再びW市には還らないであろう、五頭か、十頭か、或いは全部か——。津上は、一頭の牛の前で腕組みして、誰かの説明に鷹揚《おうよう》に肯《うなず》いている岡部の小さい姿を、憤《いきどお》りというよりは自虐《じぎゃく》の小気味よさで見守っていた。

大会きっての呼びものであった三谷牛と川崎牛の試合はもう一時間以上闘われていたが、勝敗は決していなかった。二匹の牛はいずれも巨大な体軀《たいく》を荒い息遣いで波立たせながら、角を突き合せたままの姿で、リングの中央から端へ、端から中央へと、時折位置を変えるだけで、力の均衡はいつ破れるとも思われなかった。退屈な試合があまり長く続くので、引分けにしたらどうかという意見が委員席から出た。結局津上の発案で、引分けにするか、最後まで闘わせるか、入場者の拍手で決めるという方法が採られることになった。

暫くすると、役員たちの相談を耳にしたのであろう、首に手拭《てぬぐい》をまきつけた三谷はながら、津上のところへ駈け込んで来た。もう十分でいいからあのまま闘わせて貰いたい。引分けにしないでほしい、そう言う彼女の顔は長い緊張のために蒼ざめていた。

「勝敗はたれが見ても、はっきりついているんです」

しかしその時スピーカーは、この取組を引分けにするか、あくまで勝負のつくまで闘わせるか、観衆の拍手で決定したいと叫んだ。そして、

「引分けに賛成する方は直ちに拍手して下さい」

拍手はグラウンドを囲繞《いにょう》するすべてのスタンドから起ったが、予想に反して全入場者の三分の一にも達しなかった。次の「最後まで闘わせることに賛成なさる方」というアナウンサーの声に対しては、前より遥かに多い拍手が四方から湧き起った。競技は三谷はなの希望するようにそのまま続行することに決まったのである。

津上は委員席に暫く歩いて来ると言いおいて席を立つと三塁側の内野スタンドへ上って行った。さき子がこの日の午後、内野スタンドの最後段に来ているという約束を、ふと思い出したからである。しかしさき子は、もう一時間以上も委員席に程近い一塁側の内野席の一角に坐《すわ》っていた。彼女は闘牛には何の興味も起らなかった。この退屈極まるテンポののろい、どう見ても近代的とは思われぬ競技のために、あれ程苦労した津上の気が知れないのであった。彼女の視線はとかくリングより委員席の津上の上に投げられ勝ちであった。そこにいる津上は一昨日のあの自分の腕の中にその生死を任せ切ったような絶望的な津上ではなかった。その横顔にも人と面接したり指図したりする動作にもぴちぴちとした常の津上らしいアクセントがあった。いかにも新聞社の若い幹部らしい張りが遠くから見ていても、さき子には眩《まぶ》しく感じられるのであった。一昨日は確かに津上の心のどこかに自分の坐る席があった。自分でなければ誰も埋めてやれない空隙《くうげき》を津上は持っていた。津上にとってあれ程必要な女だと思った確信を、いまのさき子は夢のことのように妙に儚《はか》なく思い出すのであった。もう忘れようと思えば一年でも自分を忘れていられるであろうエゴイスチックな平常の津上がそこにはいた。すべては終った。もう津上は再び自分のところへは戻って来ないだろう。今日のさき子の心にはそんな気持が何故《なぜ》か、一つの動かすことの出来ぬ確信となって生れて来るのであった。

さき子は、その津上の後を追って彼女もまた三塁側の内野スタンドへと上って行った。二人はスタンドの最後段に並んで腰をおろした。

「よく私のことを忘れないで来て下さったわね」

皮肉ではなかった。自然にそんな言葉が出るほど今日の津上は、さき子には遠く思えるのである。

「いま川崎牛と三谷牛を最後まで闘わせることに決めた拍手ね、あれは大体、全観衆の七割あったと思うんだ。考えてごらん、この退屈な長い試合に倦怠《けんたい》を感じていない人間が、ここに集まっている人間の七割を占めているんだ」

津上は敵意とも軽蔑《けいべつ》ともつかぬ視線でリングの方をねめ廻していたが、唐突にこんなことを言った。そしてちらりとさき子の眼を見詰めると、

「つまりそれだけの人間がこの競技に賭《か》けているということさ。彼等は牛の勝敗ではなく、自分達の勝敗を決めてしまわねばならないんだ」

微《かす》かな笑いが津上の口辺に漂っていた。それがさき子にはひどく冷たく思われた。賭けると言ったら、第一に新聞社が賭けているじゃあないの、社運を賭《と》して、とさき子は思った。田代も賭けている、尾本も賭けている。三谷はなも賭けている。

「みんな賭けている。あなただけね、賭けていないのは」

言ってからはっとした程、この言葉は瞬間、さき子の口から滑り出た。ちかりと津上の眼が光った。何処か悲しさのある昂然とした眼であった。

「だって、何故か、わたしそんな気がするの。今日のあなたを見ていると」

さき子は自分でも気付いた剃刀《かみそり》のような感じの自分の言葉を、一応弁解するつもりで、追いかけてこう言ったのだが、急に全く思いがけない悲しみとも怒りともつかぬ激情が、さき子に全身で津上にぶつかりたい衝動を感じさせた。それでさき子は今度ははっきりと憎しみの感情をこめて言った。

「あなたは初めから何も賭けてはいないのよ。賭けられるような人ではないわ」

「じゃあ、君はどう？」

津上は何気なく言ったのだが、さき子は、はっとして息をのんだ。そしてさあっと自分でも気が付く程血の気のひいた顔をゆがめて笑うと、

「もちろん、私も、賭けてるわ」

と一語一語切るように言った。実際さき子は賭けたのだった。君はどう、と津上に言われた瞬間、さき子は津上と別れるか別れないかの苦しい長い命題を、反射的に、いまリングの真中で行なわれている二匹の牛の闘争に賭けたのだ。赤い牛が勝ったら

津上と別れてしまおうと。

さき子は改めて会場を見渡した。リングでは赤と黒の二匹の牛が、まるで塑像《そぞう》のように身揺ぎもしないで立っていた。リングと竹矢来と、それを取り巻く群衆の上に、雨上りの冬の陽が冷たく落ちていた。勢子《せこ》たちは牛をけしかけるために牛の尻《しり》を敲《たた》き、脇腹《わきばら》を敲いていた。幟《のぼり》はばたばたと風にあおられ、マイクは動きのない仕合の放送に同じ言葉を何十遍も繰り返し、疲れ、苛立《いらだ》ち、悲鳴に近いものをとぎれとぎれに吐き出していた。スタンドは異様な静けさであった。笑いもなく、声もなく、観衆はじっとリングを見降ろしていた。突如この会場に立ちこめている暮色のように澱《よど》んだ黯《くろ》い冷たいものが、ほとんど堪えられぬくらいの悲哀感となってさき子の胸を緊《し》めつけて来た。

その時であった。会場の静けさは破れて、喚声と共に観衆は総立ちになった。見るとリングではついに二匹の牛の力の均衡は破れて、猛《たけ》り気負うた一匹の勝牛は、勝利の興奮を押えかねて竹矢来の中をぐるぐると廻りに廻っていた。さき子は、どちらの牛が勝ったのか即座には見極めることは出来なかった。さき子は烈しい眩暈《めまい》を感じた。とっさに津上の肩に摑まりたい衝動に耐えながら視線をなおもリングの上に投げていた。そこには、ただ、この馬蹄形《ばていけい》の巨大なスタジアム全体に漲《みなぎ》るどうにも出来ぬ沼のような悲哀を、身をもって、攪拌《かくはん》し攪拌している、切ない代赭《たいしゃ》色の生き物の不思議な円運動があった。

# 比良《ひら》のシャクナゲ

早いものだな、もう五年になる。五年ぶりでわしは堅田の旅館へやって来た。この前に来た時はそろそろ戦局がただならぬ様相を呈し始めた終戦前年の春だったから、あれから五年の歳月が経《た》っているわけだ。随分遠い昔のような気もするし、つい昨日のような気もする。総じてわしは近頃とみに時間の観念に疎《うと》くなっているようだ。若い時はこんなではなかった。先月の解剖学雑誌で、わしのことを矍鑠《かくしゃく》たる八十翁《おう》と書き居《お》った奴《やっ》があったが、わしはまだ八十にはならぬ。二年ほど間がある。しかし、いずれにせよ、他処目《よそめ》には翁と映るものと見える。翁という言葉にはどこかにぬくぬくとしたところがあって、わしは嫌いだ。わしは老学徒という言葉が好きだ。老学徒三池俊太郎。

ここの主人が琵琶《びわ》湖を賞するには、三井寺、粟津《あわづ》、石山、その他にも名だたる琵琶湖望見の地は十指に余る。しかしことと比良を望むにおいては、湖畔広しと雖《いえど》も、堅田に勝る地はなく、特にここ霊峰館の北西の座敷に比肩《ひけん》し得るところはあるまいと自慢し、比良の山容が一番神々《こうごう》しく見えるところから、この宿を霊峰館と名附けたのだと説明したことがあったが、まことにこの座敷から眺める比良は美しい。琵琶湖を挟んで彦根《ひこね》から眺めた時の、あのいかにも比良連峰といった蜿蜒《えんえん》と東西に延びた大きい景観はないが、彫りの深い数条の渓谷をゆったりと抱き、裾《すそ》広く湖西に足を踏んまえ、山頂の一部を雲にかくしていることの多い姿は、他の駄山《だやま》に見られぬ気稟《きひん》と風格を持っている。たしかに美しい。

それにしても、あの主人が亡《な》くなってからどれだけになるだろう。二十年、いやもっとになる。わしが啓介の事件で二度目にここに来た時、すでにあの主人は中風で呂《ろ》律《れつ》が怪しかった。そして確かあれから間もなく二、三カ月後に、わしはあの主人が他界したという通知を受け取ったと記憶している。あの時、わしにはあの主人が随分よぼよぼの老人に見えたが、あの時まだやっと七十そこそこだったのだろう。考えてみると、わしはすでに今日、あの主人より十年近くも長く生きのびている勘定になる。

この家は何も変わらない。わしが初めてここに来たのは、二十四、五の頃だったから、わしがこの家のこの座敷に坐《すわ》ってから——あの時から、いつか五十年以上の歳月が流れているわけである。五十年間変わらない家というのも珍しいものだ。亡くなった主人に生きうつしの息子が、同じような顔つきをして、同じような恰好《かっこう》で、玄関横の薄暗い帳場に坐っている。この部屋の古ぼけた床の山水も布袋《ほてい》の置物もそっくりあの時のものかも知れない。わしの家などひどい変わりようだ。何もかも変わってしまった。家具から、人間から、人間の考え方まで、何から何まで変わらないものと言っては一つもない。しかもそれが年々歳々変わっている。時々刻々変わっていると言った方がいいかも知れない。またあれほど変わる家というのも珍しい。縁側に籐椅子《とういす》を出すと、例外なく、一時間後にはもう向きが変わっているのだからやり切れない。

ああ、なんというのびやかさだろう。こうした落ち着いた静かな時間を持ったのは何年ぶりだろう。これが学者の時間というものだ。こうして誰にもじろじろ見られずに、一人で籐椅子に腰かけて、湖を見ている。比良を見ている。意地の悪い視線はどこにもない。無神経な癇《かん》にさわる誰の話声も聞こえない。お茶の熱いのを飲みたければ、手をたたいて女中を呼べばいい。呼ばなければ夕方まで誰も顔を出す者はないだろう。ラジオも聞こえない。レコードもピアノも聞こえない。かん高い春子の声も聞こえない。傍若無人な孫たちの声も聞こえない。いやに近年横柄《おうへい》になって来た弘之の声も聞こえない。

が、それにしても、今頃は家の中はさぞ大騒ぎしていることだろう。わしが急に居なくなったので、さぞ家中がひっくり返っていることだろう。近来万一を慮《おもんぱか》って絶対に一人で外出せぬわしが、家を出て五時間以上も帰ってこない。さすがの春子も周章《あわ》てるほかはあるまい。おじいさまが居なくなった。おじいさまが居なくなったと、例のきゃんきゃん声で近所だとか知合いを探し歩いていることだろう。弘之は電話で知らされて、大急ぎで会社から帰宅し、あいつのことだから、親戚《しんせき》には知らせたくないし、警察には届けたくない、と言ってどこに電話をかけてもわしの消息はわからん、気難しい顔で部屋の中を、ただのそのそと歩き廻っていることだろう。苦労性のあいつのことだから弟妹のところだけにはもうわしの失踪《しっそう》を知らせたかも知れない。定光は大学の研究室から家へ廻って、大体こういった事件で呼び出されるのは真平だといった顔で、わしの書斎で、わしの椅子に腰掛けて、苦り切って茶でも飲んでいるかも知れない。北野から京子も駈《か》けつけているだろう。こんなことでもなければ、定光も京子も家には寄りつきはしないのだ。いくら忙しいか知れないが、一人の親のところへたまには菓子ぐらい持って訪ねて来ても罰はあたるまい。それを黙っていれば、半年も一年も親のことは忘れているのだから、揃《そろ》いも揃って親不孝者どもだ。

明日までいくらでも心配するがいい。明日の昼ひょっこり帰ってやろう。七十八のわしにも自由がある。出歩く自由がある。当世流行の自由というものがある。黙って家を出ても悪いことはあるまい。わしは若い時のんだくれて方々泊まり歩いたが、みさになど一言も断わったことはない。三日も四日も黙って家をあけたが、ついぞ一度も、弘之のように女房に電話で断わったことなどない。大体弘之は春子の尻《しり》の下に敷かれている。子供には甘いし、女房には甘いし、こまった奴だ。

それにしても明日帰宅したら一悶着《ひともんちゃく》は免れぬ。これだから、わたくし、おじいさまのお守りは芯《しん》が疲れますのと、春子が定光や京子に聞こえよがしに喚《わめ》くことだろう。あれのことだから当てつけがましく畳に俯伏《うつぶ》して泣くかも知れない。弘之も、定光も、京子も、それぞれ一晩心配させられた恨みをぶちまけずにはおくまい。わしは何とも言うまい。黙って、あれらの顔を一人一人見渡して、書斎へはいって行く。弘之が追いかけて来て、分別臭い顔をして、今後一切こういう意地の悪いことをして貰《もら》っては困ります。幾つだと思っていらっしゃる、年をお考えなさい。こんなことをされては子供たちが堪《たま》らない。世間体が悪い。大体お父さんは僻《ひが》んでいなさる。なんとでも言うがいい。わしは返事をすまい。返事をしないで、壁にかけてあるシュアルベ先生の写真のあの滋味溢《あふ》れるような静かな目をじっと見詰めていよう。そして心が静まったら、直《す》ぐノートを開いて『日本人動脈系統《アルテリエン・システエム・デル・ヤパアネル》』の第九章の仕事をする。わしはペンを走らせる。

Im Jahre 1899 bin ich in der Anatomie und Anthropologie mit einer neuen

Anschauung hervorgetreten, indem ich behauptete: ——

一八九九年に余は解剖学と人類学に於《おい》て、新しい見解を発表して注目を受けた。その中で余は主張した。——あれらにはわしが何を書き始めたか解《わか》りはすまい。三池俊太郎の学者としての永遠の生命と誇りが輝いているこの冒頭の一行を、誰も理解はしないだろう。第一弘之に至ってはてんから読めんじゃろう。学校で何年間かドイツ語をやった筈《はず》だが、あれほど忘れる奴も珍しい。定光の方は独文だから、それにゲーテを訳しているから、読むぐらいは読めるだろう。それも、しかしゲーテだけしか読めんかも知れない。小さい時からあれにはそんなところがあった。あれのゲーテも危いものだ。ゲーテという文豪について、わしはついに知るところがないが、恐らくあれのはあれ流の、気難しいゲーテだろう。詩人ゲーテは少なくとも、あんな親とも兄妹とも合わぬ我儘《わがまま》な人間ではない筈だ。ゲーテ、ゲーテの一つ覚えで、肝心の父親が何をしているか知らぬ息子も困りものだ。日本人の動脈系統の解剖学的研究の意義が、軟部人類学の地味なしかし大切な仕事が、そもそも何を意味しているか、それがいかなる学術的価値を持つか、てんでちんぷんかんぷんだろう。弘之に至っては、いや弘之ばかりではない、春子、京子、京子の主人高津などに至っては、わしのこの一行より百円の金の方が有難いと思うだろう。そのくせ、学士院会員、××賞受賞者、あるいはQ大学医学部長といったわしの過去の世俗的名声だけは利用する。浅ましいくらい他人の前ではわしの名を担《かつ》ぎ出す。それも結構だが、それほどわしの子供であることが誇りなら、もっとわしを理解し、わしを大切にすべきではないか。

大学の横谷や杉山あたりも、あるいは弘之からわしの失踪を知らされているかも知れん。みんなわしが家出して死ぬかも知れないと案ずるだろう。時勢を憤慨して自殺する気になったと思うか、研究生活の不如意《ふにょい》が原因して死ぬ気になったと思うか。でも死んだ啓介がいま生きていたとしたら、あいつだけにはわしの気持が解るかも知れぬ。あいつは人なつっこい澄んだ綺麗《きれい》な目をして、わしの気持に一番近いところを探し当てるだろう。長男坊でわしの貧乏時代長屋で育ったので、弘之や定光にはない変に気の付くところがあった。親の目から見ても確かに繊細なところがあった。

だが、わしは啓介がどちらかと言えば一番嫌いだったな。啓介の方も他の子供ほどわしになつかなかった。わしの膝《ひざ》の上に来たことがない。あれが物心がつく時分、わしはドイツに留学していて、ずっと別れて暮らしていたためかも知れぬ。だが、啓介が生きていたら、あれだけはいまのわしの気持をちゃんと探りあて、冷たい目でじろじろ見ながらも、黙ってわしの気持のすむように取り計らってくれそうな気がする。

それにしても、わしは死なん。死ぬなんて、そんなくだらん了見は持たん。「日本人動脈」のやりかけた仕事が残っている。百まで生きてもやり切れん仕事が、わしが死んだら誰にもやれない労多くして功少なき仕事が、わしひとりを待っている。わしの生命はかけがえのない大切なものじゃ。わしの生命の価値はわし一人が知っている。そうじゃ、この世でわし一人かも知れん。一九〇九年ベルリンで開かれた人類学会の席上で、クラアチ教授が、学者として三池の価値は恐らく当の三池以上に私が高く評価している、自重を祈ると、わしがこの世で覚えた最も清冽《せいれつ》な讃辞《さんじ》をわしにくれたことがあったが、あのクラアチ教授もすでに今は亡い。佐倉も井口も死んでしまった。佐倉、井口の二人だけには、わしの仕事の価値が解っていたようだったが、それに、あの二人も豪《えら》かった。立派な仕事をした。しかしあの二人の名前も学界から消えて久しいな。あの二人の仕事の価値にしても、真に正当に評価する者は、やはりわし一人かも知れんな。

それはともかく、わしはなぜ急に堅田になど来たくなったのだろう。考えてみると自分ながら不思議な気がする。堪らなくこの霊峰館の北西の座敷に坐って湖の面《おもて》を見たくなったのだ。矢も楯《たて》も堪らなく、湖の向うの比良の山容を仰ぎたくなったのだ。こうした直接の原因は一万二千円の端金に関係しているが、ほんとは決してそんな事じゃあない。そんな事じゃあない。

昨日わしは弘之に、書物を出版する時の用意に大学の地下室にとっておいた紙の一部を売った一万二千円ほどの金を請求した。弘之はへんてこな嫌な顔をした。あれは大方わしの面倒を見ているし、この時勢で生活は苦しいから、わしの紙を売った金を自分のものとして、生活費の一部に充当しても当然だと思っていたのだろう。しかし、わしはそうは思わぬ。あれはわしの文字通りのライフ・ワークたる『日本人動《アルテリエン・ジステエム》脈系統《・デル・ヤパアネル》』の第三冊を印刷すべき紙である。戦時中八方工面した金でやっと手に入れ、戦災を考慮して大学の地下室に保管して貰って今日に至ったわしにとっては何物にも替え難い大切な紙である。くだらぬ小説や辞書の類が印刷される紙とは違う。軟部人類学の創始者三池俊太郎の五十年の辛苦が印刷され、世が世なら全世界の大学と図書館に送られる筈のものである。そこらにざらにある紙とは違う。わしの生命が何百万のドイツ語となって印刷される筈の紙である。わしはその紙を売った金を机の曳《ひき》出《だし》の中に入れておいて、何はともあれ、気分だけでも落ち着いて、仕事をしたかったのだ。わしは昔から貧乏生活をし続けてきたが、気持はいささかも貧乏人ではなかった。借金こそしたが、買いたいものは買い、食いたいものは食い、酒は毎日浴びるように飲んで来た。貧乏人になりきってしまって学問ができるか。学問をしたことのない奴には解らん。

それにその紙のことも、わしがつい口を滑らせたので、弘之も春子もそれを当てにし始めたのだ。わしがもし黙っていれば、その金を当てにしようにも、当てにすることはできなかった筈ではないか。

あれはわしの金じゃ、一銭も手をつけて貰っては困ると、わしは言った。嫌味でも吝でもない。本当にそう思ったのだ。

「お父さん、そりゃあ、少し勝手でしょう」

弘之がこう言ったので、わしはむっとした。生活が苦しいから、お父さん、その金の一部を融通して戴《いただ》けないか。まことに申し訳ないが、そうして戴けたら助かる。こう謙遜に言えば、わしは即座に考えを改めて、半分とは言わずも、五分の一ぐらいは出してやっただろう。

それを、春子までが茶の間から顔を出して、

「あなた、それはお父さまのおっしゃる通り、お父さまのお金ですわ。一銭残らずお父さまにお渡しした方がよろしいですわ」

と、いやに開き直った口調で吐《ぬ》かし居《お》った。

「そうじゃ。わしの金じゃ。だらしなく孫の飴代《あめだい》などにされては堪らん」

とわしも言った。チェッと弘之は舌を鳴らした。自分の伜《せがれ》ながら、ああした軽薄極まる仕種《しぐさ》には堪えられぬ。みさが生きていたら、わしにこんな思いはさせなかっただろう。だが、みさも気だてが弱い女で、晩年は弘之や春子の御機嫌を伺い始めていたので、それも当てにはならぬが、しかし、他ならぬ仕事の紙を売った金のことだから、そうそう子供たちの言いなりにはならなかったろう。

それが今朝になると、もっと不可《いけ》ない。わしが書斎で仕事を始めようとしていると、春子が一万二千円の紙幣束を持って来て、机の上に置いたままではいいが、

「お父さま、だんだんお金がお好きになりますわ」

と言った。わしは金は好きにならん。わしは七十八年の生涯、清貧の中に研究と共に生きて来た。学問以外好きなものはない。金が好きなら臨床の教授をやって、やめて開業して、今頃は大金持になっとる。薄暗い研究室で死体などをいじくり廻して、実業家たちの寄附を仰いで、一冊も売れぬ横文字の書物など作らなかった筈だ。春子はわしに正反対のことを言った。勘違いにもほどがある。学問に全く縁のない、会社員の家庭の低俗なる空気の中にあって、しかもこの時勢でその乏しい月給で養われていては、自分は自分で些少《さしょう》なりとも、へそくり金でも机の中に貯《たくわ》えておきでもしない限り、わしは心が落ち着かぬ。落ち着いて仕事はできぬ。彼等は常々わしが恩給を生

活費として提供しないことが不服のようだ。しかしあれを生活費に充当したら、わしがアルバイトの学生に支払う金はどこから出るか。あれは目下のところわしの唯一《ゆいいつ》の研究費用じゃ。第一、子たる者が親の恩給を当てにするようでは、あまりに情ないではないか！

わしは春子には返事しなかった。一言でも喋《しゃべ》ると口が汚れると思った。わしは春子から受け取った一万二千円の金を、春子の目の前で、震える手で一枚一枚数えた。確かに百二十枚あったので、

「よろし、あちらに行きなさい」

と言った。わしは暫《しばら》く机の前に坐《すわ》っていた。オウスを点《た》て、菓子なしで一服飲んだ。古い萩焼《はぎやき》の茶碗《ちゃわん》（これはわしの古稀《こき》の祝いの時、名も知らぬ学生が、留守に玄関に来て黙っておいて行ったものだ。わしはこの学生も、この茶碗も気に入っている）を胸もとで静かに傾けると、濃緑の液体の小さい泡沫が、静かに茶碗の壁をひいて行った。

それから庭に目を遣《や》ると、門から続いている植込みの向うを、このところ二、三度見掛けている貧相な洋服姿の男が、玄関の方へ歩いて行くのが見えた。その男が大森屋の番頭であることはわしも知っていた。大方、また春子が帯か着物でも売るのだろう。着物は自分がこの家に来る時持って来たものだから売るのはよろしい。しかし売

るほど困ってはいない筈だ。それほど困っているのなら、秀一のピアノの稽古《けいこ》をやめればいい。大体天分のない十二歳の男の子に、高い月謝を払ってピアノを仕込んで何になる！　わしはそのためにどのくらい悩まされているか！　音楽は天才だけが生命をかけてやるものじゃ。八つの桂子に絵を習わせていることも同じことじゃ。一切合財、無駄というものじゃ。情操教育、情操教育と言うが、情操とは、そのようなことから生まれるものではない。学問の貴さも教えずして、なんの情操教育であるか。

孫たちの無駄な教育もそうだが、生活費をきりつめるにはまだ他に沢山ある。春子は先日、四条で靴磨に靴を磨かせたと言った。価《あたい》二十円という。呆《あき》れるほかはない。するとと弘之はそれをたしなめるどころか、自分は京極の入口で三十円取られたが、あそこの方がずっと丁寧だったと言った。四肢健全なる夫婦が自ら靴を磨かずして、他人の手を藉《か》りて五十円を仕払う。何をか言わんやである。

それでいて生活が苦しいと言い、着物を売る。矛盾だらけである。主人が酒を飲んで、飲んだくれて、生活が苦しいと言うのなら、これは解る。わしの一生は、事実、そんな日の連続だった。研究と酒。解剖室と酒場。しかしわしの酒は、同じ浪費といっても少し意味あいが違う。わしは靴を磨かせて酒を節するようなことはせん。他人の靴を磨いても酒を飲んだろう。酒はわしにとっては、わしの欲望だからだ。学問と同様、已《や》むにやまれぬ欲求だからだ。

大森屋の番頭の玄関を開けるベルが鳴り響いた時、わしは立ち上がって洋服に着換え、わしの一番好きなポーランド政府より贈られた小型の赤十字第一等名誉章をチョッキにつけ、書きかけの第九章の一部の草稿と独逸《ドイツ》語の辞書一冊を鞄《かばん》に詰めた。それから一万二千円の金をポケットに入れ、ポケットでは危いと思ったので、内ポケットにしまい直すと、縁側から降りて、中庭を横切り、裏門から街路へ出た。気が立っているせいか歩く度に膝の関節ががくがく鳴った。

そして電車通りまでゆっくり歩いて、折よく走って来たタクシーを捉え、堅田まで幾らで行くかと訊《き》いた。二百円とでも言うかと思ったら、十八、九の若い運転手は二千円と答えた。思わず怒りで両手がぶるぶると震えた。しかし、運転手が莫迦《ばか》にしたような顔つきで、ハンドルを廻して走り去らんとしたので、わしは「よし、やってくれ」と言った。運転手は坐ったまま内側からドアを開けた。むかしの運転手は降りてドアを開けたものだ。

自動車の動揺が躰《からだ》に烈《はげ》しくこたえた。これは不可《いか》んと思ったので、運転手にゆっくり走るように命じ、わしは腕を前に組み、肩をすぼめ、なるべく心臓の表面積を縮めて、心臓の負担を軽減するような姿勢をとって、目をつむった。京都の市街を外れて、京津国道へ出ると、そこからはコンクリートのドライブ・ウエイなので、よほど動揺も少なくなった。蹴上《けあげ》から山科《やましな》、大津。道が浜大津から曲がって湖畔に沿うと、比良の峯《みね》が美しく行手に姿を現わした。ああ、比良！　とわしは心の中で叫んだ。わしは家を出てタクシーをとめた時、殆《ほとん》ど無意識に堅田と行先を告げたのだが、わしの採ったとっさの処置は狂っていなかった。わしはまさしく琵琶《びわ》湖を、比良の山を見たかったのだ。堅田の霊峰館の座敷の縁側に立って、琵琶湖の静かな水の面と、その向うの比良の山を心ゆくまで独りで眺めたかったのだ。

わしが初めて比良の山を見たのは、あれは、わしが二十五の時だった。――そうだ、それより数年前に、わしは丁度その頃売り出された写真画報という雑誌の口絵で、比良の山を見たことがあった。まだ第一高等中学校の学生の頃だった。本郷の下宿で、そこの娘が持っていた雑誌を何気なく手に把《と》って開いた時、開巻第一頁《ページ》に、当時流行の紫色の色刷りで載っていたのが「比良のシャクナゲ」の写真だった。

わしは今でもはっきりと憶《おぼ》えている。その写真は、はるか眼下に鏡のような湖面の一部が望まれる比良山系の頂で、高山植物・石南花《シャクナゲ》のみごとな群落が、岩石がところどころ露出しているその急峻《きゅうしゅん》な斜面をまるでお花畠《はなばたけ》のように美しく覆《おお》っていた。その写真を見ているうちに、その時わしはなぜかはっとした。なぜはっとしたかわしにも解《わか》らなかったが、とにかく心の一端に、一種言うべからざるエーテル的な、揮発性の刺戟《しげき》を覚えて、改めて仔細《しさい》にその比良の石南花の写真を見直したものである。

その時わしは思ったのだ。いつの日か将来、やはり同じ頁の片隅に円形に区切られて紹介されている、日に何回か湖畔の部落部落を縫って通っているという小型の蒸汽船に身を託し、まなかいに立つ比良の稜線《りようせん》を仰ぎながら、写真にあるこの山巓《さんてん》の一角に登って行く日がやって来るのではないかと。——そうした日が、なぜか必ず、自分にはやって来そうな気がした。その日はやって来る、必ずやって来る！　心に期して疑わぬというか、それはふしぎに強い一つの確信だった。

その日がやって来たら、その比良に登って行く日は、わしにとって随分淋しい日だろうなと、わしは思った。なんと言うか、堪《た》まらなくじっとしていられないような、誰に語っても自分の気持が解って貰《もら》えないような——、そう、孤独という便利な言葉がある。絶望と言ってもいいかな、孤独、絶望、そう、これだな、わしは大体、こんなしゃれた青っちょろい言葉は嫌いなんだが、この言葉が一番あの時の気持を言い現わすのには適当なような気がする。その孤独にして絶望的な日、わしは石南花の咲いているこの比良の山頂に登って行くだろう。そして香り高いこの白い石南花の群落のもとでひとり眠るだろう。そうした日がいつか自分にはやって来る！　必ずやって来る！　現在《いま》考えると理解し難い消極的な気持だが、この時は極めて自然に自分の心のどこかに、こうした気持が歩み寄って来たのだった。その時が、そもそも、わしが比良という山を知り、この山に関心を持つに至った最初のことだった。

そしてそんなことがあってから数年後、写真でない本物の比良の山容を、わしはこの目で見る機会を持ったのだ。二十五の時だったな、あれは。赤門を出た翌年、岡山の医専の講師に赴任した年の暮のことで、確か明治二十九年の筈《はず》である。あの頃わしは、死神に取り憑《つ》かれていた。誰でも若い時には生命を粗末にするあのような一時期があるものとみられる。啓介があんな馬鹿《ばか》な死に方をしたのも二十五の時だった。あいつはあの時期を切り抜ければ、立派にあと何十年でも生き延びられたのだ。それを、優柔不断なあいつは……。いや、啓介に取り憑いた死神は、あの時のわしに取り憑いた奴《やつ》より、もっと手強《てごわ》い性質《たち》の悪い奴だったかも知れん。それにしても愚かな奴じゃ。だが一面不憫《ふびん》なところもある。いま生きていれば……。馬鹿な、愚かな、言語道断な奴めが、ああ、啓介のことを思うと、わしは無性に腹が立ってくる。

二十五のわしに取り憑いた死神は、少なくとも啓介の場合とは違って、もっと純粋な奴だった。わしは自らの生存の意義に思い悩んで死のうとしたのだ。まだライフ・

ワークたる軟部人類学の主題は、わしの心に芽生えず、言ってみれば、あの当時、確かにわしの心は隙間《すきま》だらけだった。自然科学の学徒のくせに、わしの心には宗教と哲学がつまっていた。藤村操《みさお》が華厳《けごん》の滝に身を投じたのは、わしの自殺志願より数年後だが、あの頃哲学とか宗教とかをやり居った者は、みな一度は死神に取り憑かれたものだ。万有の真相はただ一言にして悉《つ》くす、曰《いわ》く、不可解——本気でこんなことを考えた不思議な時代だった。明治末期の一時期は、日本の青年共が瞑想《めいそう》的になって生死の問題を考え居った奇妙な時代だった。

十二月にはいると、わしは『碧巌録《へきがんろく》』一冊を持って、真直《まっす》ぐに岡山から京都へやって来て嵯峨《さが》の天竜寺に入った。G老師のもとに居士《こじ》として参禅したのだ。あの時は毎夜のように夜坐《やざ》をした。毎夜のように深夜本堂の廊下に坐った。時には本堂の裏手の薄氷の張っている曹源池の畔《ほと》りの岩の上に坐ったこともあった。臘八接心《ろうはちせっしん》を終えた時わしはふらふらになっていた。いま思えば、あの時わしは栄養不良と過労と睡眠不足から来る強度の神経衰弱以外の何ものでもなかったようだ。

臘八接心が接了した日、その朝成道会《じょうどうえ》が終わると、わしは直ぐ天竜寺を出て、大津に向かった。成道会が終わってから直ぐなので、多分八時頃だったのだろう。境内のあちこちにある松の切株に白い雪が薄く載って、耳や鼻の先端が凍るような嵯峨でも珍しい、冷たい朝だった。雲水の木綿衣、素足に下駄《げた》といった装束《いでたち》で、わしは嵯峨から北野を通って京の町へ、又そこから山科を抜けて大津へと、今日わしが自動車で来た京津国道を、休みなしにすたすた歩いた。山科の鰻《うなぎ》屋の「かねよ」の前を過ぎる時、雪がちらちらと落ちていて、わしは烈しい空腹を感じたことを覚えている。

なんのために、わしはあの時大津へなど行ったのだろう。はっきりとは今その間の事情を憶《おも》い出せない。写真画報の口絵で先年見た比良を思い出し、それに惹《ひ》かれて行ったとするのは、後からのこじつけになってしまう。恐らく、あの時、わしは漠然と死場所を琵琶湖に求めて行ったのに違いない。あるいはもしかすると、夢遊病者のようにふらふらと琵琶湖に出掛け、湖面を見ているうちに、初めて死ぬ気になったのかも知れない。

寒い日だったな、あの日は。わしは大津へ出ると道を北にとり、湖岸を北へ北へと歩いて行った。死神といっしょに歩いて行った。右手には冷たい水が動かないで拡《ひろ》がっている湖がどこまでも続き、時々水際《みずぎわ》の枯れた葦《あし》の中から、はじろが三羽、五羽と翔《と》び立って行った。

行手には叡山《えいざん》が見え、そのはるか向うに、全山真白く雪におおわれた連峰が、目のさめるような美しさでそそり立っていた。疎林《そりん》に覆われた嵯峨の山々のなだらかな曲線を見て来たわしの目には、それは殆ど同じ山とは思われぬきびしい峻厳《しゅんげん》な美しさで映った。確か途中で行き会った行商人に聞いて、わしはそれが比良だと知った。時々、わしは足を停めては比良を見た。死神といっしょに比良を見た。初めて見る比良の、神々《こうごう》しいまでに美しいはろばろとした稜線にわしは見惚《みと》れた。

堅田の浮御堂に辿《たど》り着いた時は夕方で、その日一日時折思い出したように舞っていた白いものが、その頃から本調子になって間断なく濃い密度で空間を埋め始めた。わしは長いこと浮御堂の廻廊の軒下に立ちつくしていた。湖上の視界は全くきかなかった。こごえた手でずだ袋の中から取り出した財布の紐《ひも》をほどいてみると、五円紙幣が一枚出て来た。それを握りしめながら浮御堂を出ると、わしは湖岸に立っている一軒の、構えは大きいが、どこか宿場の旅宿めいた感じの旅館の広い土間にはいって行った。そこがこの霊峰館だった。

わしは土間に立ったまま、帳場で炬燵《こたつ》にあたっている中年輩の丸刈の主人に、これで一晩泊めてくれと言って五円紙幣を出した。代は明日戴《いただ》くというのを無理に押しつけると、主人は不審な顔つきでわしを見詰めていたが、急に態度が慇懃《いんぎん》になった。十五、六の女中が湯を持って来た。上り框《がまち》に腰かけ、衣の裾《すそ》をまくり上げて、盥《たらい》の湯の中に赤くなって感覚を失っている足指を浸した時、初めて人心地がついた。そしてこの旅館では一番上等の、この座敷に通されたのだった。すでにとっぷり暮れて燈火《とうか》をいれなければならぬほどの時刻だった。

わしは一言も喋《しゃべ》らず、お内儀の給仕で食事をすませると、床の間を背にして坐禅《すわ》った。わしはその時、明朝浮御堂の横手の切岸に身を沈めることを決心していた。石が水中に沈んで行くように、この五尺の躰が果して静かに沈んで行けるかどうか、わしは不安だった。わしは湖の底に横たわる自分の死体を何回も目に浮かべながら、一人の男の、取り分け偉大な死がそこにはあるように思った。

天竜寺の禅堂のそれに劣らぬ静かな夜だった。身動きすると躰が痛むようなきつい冷え込みの夜だった。わしは何時間もそこに坐禅っていた。暁方《あけがた》近くなってから、はっと吾《われ》に返った。躰の疲れがひどかった。わしは坐禅《ざぜん》を解くと、便所に立ち、それからその場に横になった。部屋の隅に床がのべてあったが、それには触れず、畳の上に手枕《てまくら》をし、夜が明けきるまで一、二時間仮睡しようと思った。

ぎゃっと、突然、喉《のど》を引き裂くようなけたたましい叫び声がした。夜鳥の啼《な》き声に違いなかった。頭を上げると、あたりはしんとした前の静寂だった。再び睡《ねむ》りに入ろうとすると、再度、ぎゃっという叫び声が聞こえた。それは直ぐ枕もとの縁側の下あたりから聞こえてきたように思えた。わしは立ち上がると、行燈《あんどん》に火を入れ、縁側に出て、雨戸を一枚繰った。視界は全くきかなかったが、行燈の光が軒先だけに届いて、その狭い空間を細かい雪片が小止みなく落ちていた。わしが手すりから身を乗り出して暗い下方を覗《のぞ》こうとした時、もう一度、ぎゃっと、今度は前より大きい叫び声が間近にしたと思うと、直ぐ湖の岸になっている縁の下の方から、殆ど頰を払うような凄《すき》まじい羽音を立てて、一羽の鳥が翔び立って行った。姿は見えなかったが、羽音はふしぎに心をえぐるような痛烈な力に満ちて、雪の落ちている湖上の闇《やみ》の中に翔《か》け入った。わしは殆どたじろぐ気持で、暫《しばら》くその場に立ちつくしていた。

生きる力と言うか、一羽の夜鳥の持つ生きるエネルギーの凄まじさに、わしは度胆《どぎも》を抜かれた恰好《かっこう》だった。この瞬間、わしから死神が落ちたのだ。

翌日、大雪の中を、わしは死なないで又歩いて京都へ帰った。

二度目に堅田で比良を見たのは、啓介の事件の時だから、忘れもしない大正十五年の秋のことである。

わしがQ大学医学部長に就任した年だから、わしは五十五だった。あれから停年で大学を退く六十まで、わしにとっては生涯で甚だ不愉快なことの多い時期だった。啓介の事件、その翌年がみさの永眠、それから弘之の結婚も京子の結婚も、わしにとっては強《あなが》ち満足ではなかったし、それに続いて定光の左傾、一方、わしはわしで、学部長時代は高等小使に終始して肝心の研究は中絶の形で、絶えず苛々《いらいら》した日を送っていたようだ。

啓介の事件は全く寝耳に水だった。R大学から呼出しが来て、みさが行ってみると、啓介は女の問題で退校処分を受けるという。わしは書斎でみさからその報告を聞いて、全く己が耳を疑った。小さい時から意志薄弱なところがあり、学業成績は常に中以下で、そのために余り香《かんば》しくない私立のR大などに入ったのだが、性質はおくで、一面他の子供たちにない素直なところもあって、至極品行は方正だと思い込んでいた。それが相手にもよりけり、どこの馬の骨か判《わか》らぬ十八の女給を孕《はら》ましたという大それたことを仕出かしてしまった。

もしやと思って、その日の夕刊を開いてみると、学生の桃色遊戯とかなんとかいった見出しで、やはりわしの知らぬ啓介の不行跡が相当大きく書きたてられてあり、仮名ではあったが、直ぐわしと解る名前で、父は某大学部長の教育界の要職にあると報じてあった。教育家としてのわしの面目はまる潰《つぶ》れだったが、それはいい。わしは元来教育家とは自分で思っていない。一介の学徒である。だが、わしはただ一人の父親として、わが子の学生にあるまじき不品行が情なかった。それから数年後に定光の左傾問題で、大分手を焼いたが、この方にはまだ救われるものがあった。啓介の問題には一点も自らを慰めるものがなかった。

その晩、わしは書斎から一歩も出なかった。夜になってから啓介が帰って来たのか、直ぐそれと判るみさに話しかける甘ったれた声が茶の間から聞こえて来た。耳を澄ますと、食事をしているらしく、食器の音がする。

わしは書斎を出て、廊下伝いに行って茶の間の襖《ふすま》を開けた。学生服のボタンを全部外し、白いカラーを覗かせ、胡座《あぐら》をかいて、みさに給仕させて飯を喰べている啓介の姿を見ると、わしはかっとした。

「出て行け！　お前の如《ごと》き者は家におかん！」

啓介は坐り直し、持前の人なつこい目を伏せて神妙にかしこまったが、わしは再度、

「出て行け！」

と命じた。啓介は素直に立って、廊下に出て行き、二階の自分の部屋に上って行った。

まさか本当に家を出て行くとは思わなかったが、九時頃、みさが二階へ上がって行ってみると、啓介はいなかった。

みさはその翌日から、心痛の余り食事が喉に通らぬらしい様子だったが、わしはあ

いつのことだから、直きに意気地なく家へ戻って来ると信じて、殆《ほとん》ど意に介さなかった。

みさはどこから調査して来たのか、相手の若い女給が、年齢に似合わず大変なしたたか者で、前に既に一度子供を生んだことがあるらしく、啓介は全く女に操られているのだと報じた。騙《だま》そうと、騙されようと、結果は同じことだとわしは言った。

果してわしの予想通り家を出てから三日目に、啓介から家に電話がかかって来た。偶然わしが、電話室の隣の書庫で古い医学雑誌を探していた時で、電話室から洩《も》れてくる弘之の声を押し殺したような話し振りが、どうも可笑《おか》しいと思った。わしは、弘之が電話室から出て廊下でみさとこそこそ話している所へ行き、いまの電話は啓介からかかって来たのではないかと訊《き》いた。二人は暫く返事をしないで黙っていたが、やがて弘之は、そうですと言った。二人はわしに匿《かく》すつもりだったらしい。訊いてみると、啓介は問題の女と二人で、現在坂本の湖畔ホテルに滞在して居《お》り、弘之に金を持って、宿まで来てくれと言って寄越したのだった。

その翌日の午後、みさが心配するのを振り切って、わしは自動車で湖畔ホテルに啓介に会いに出掛けた。ホテルの受附で、事務員に啓介を呼び出してくれるように頼むと、間もなく正面の豪奢《ごうしゃ》な階段をスリッパの音をばたつかせながら、おかっぱの若い女が降りて来た。銘仙か何かの着物に赤っぽい三尺をしめとる。しどけないと言うか、子供っぽいと言うか、不思議な風体だ。階段の中途まで降りて来て、こっちに投げた視線がわしにぶつかったと思うと、急に表情を変え、ぱちりとした大きな目でわしを見入った。そしてくるりと背を向けると、まるで栗鼠《りす》のような敏捷《びんしょう》な動作で、二階へとんとんと駈《か》け上って行った。子供など腹に持っている女子《おなご》には見えなかった。

　間もなく、今度は啓介が深刻な顔をして降りて来た。わしは啓介と二人で、階下のサロンにはいり、卓を隔てて向い合って坐《すわ》った。わしは彼が要求した金額の入っている金包を啓介に渡し、

「今日家に帰んなさい。当分家から一歩も出ることはならん。二度と女と会っては不可《いか》ん。女にはいずれみさが会いに行く」

　と言った。

「でも――」

　と、啓介が思い惑っている風だったので、わしは重ねて言った。

「これから直《す》ぐ家に帰んなさい」

　すると啓介は、明日まで考えさせて下さいと言った。わしは怒りで全身がわなわなと震えたが、ホテルでその日結婚式でもあるらしく、周囲に数人の着飾った男女がい

て、みんななんとなく好奇の目をこちらに向けているようなようすなので、わしは立ち上がった。

「よし、お前がそのくだらぬ女を取るか、父をとるか、明日返事をしなさい」

それから、その返事を持って、明日正午までに堅田の霊峰館へ来るように命じた。

啓介は、はいと素直に返事して、すみませんでしたと言って、二階へ上って行った。

わしはホテルの事務員に、そこから程遠からぬ堅田の霊峰館に電話して貰《もら》い、自動車で、三十年振りで、堅田のこの旅館へ来た。啓介の事件で、心身疲れていたわしは、丁度その翌日が日曜でもあったので、ここで充分休養したかったのだ。

三十年前の主人が年老いて、座敷に挨拶《あいさつ》に来た。向い合って話していると、どこか昔の面影が思い出されてくるようであった。家にはここから電話をかけて、事情を簡単にみさに報告しておいた。わしは何年かぶりで、書きも読みもしない静かな一人の夜を過した。鴨《かも》には少し時季が早くて、鴨鍋《なべ》にはありつけなかったが、湖で獲《と》れる魚の揚げ物がうまかった。わしはその晩ぐっすりと眠った。

翌日十時に遅い朝食の膳《ぜん》に向かっていると、京都の家から電話がかかって来た。電話線を伝って、みさのただならぬ声が響いてくる。

「ホテルからただいま通知がありました。啓介たちは、今朝、琵琶《びわ》湖に投身自殺したそうです。直ぐにホテルに行ってやって下さい。こちらからも直ぐ出向きます」

わしは愕然《がくぜん》とした。なんということをするか、ばかめがと思った。啓介は女を取り、わしを棄《す》てたのであった。それもいい。しかし情死という当てつけがましい行為で、父のこのわしに回答したことを思うとわしの気持はやり切れなかった。

わしはついにホテルには赴かなかった。

三時頃になって、弘之が宿に姿を現わした。わしはその時縁側の籐椅子《とういす》に腰かけていたが、振り向くと、弘之が蒼《あお》ざめた険しい顔をして、わしを睨《にら》みつけていた。

「お父さんは兄さんが可哀《かわい》そうではないですか」

「可哀そうだとも、あの愚かさが可哀そうじゃ」

「兄さんたちの死体は、まだ発見できないんです。随分多くの人が手を藉《か》してくれています。その人たちの手前もあります。ホテルの方にお父さんも顔を出して下さい」

言い棄てて、弘之は荒々しくわしに背を向けて帰って行った。これだけを言うために、彼はわしのところへ来たのであった。

それから一時間程すると、今度はみさと、京子と、京子の婚約者である高津がやって来た。みさは部屋にはいると、わしの所へ駈け寄り、いったん膝《ひざ》にすがろうとしたが、思い直して部屋の隅に行って、そこに俯伏《うつぶ》すと、長いこと同じ姿勢でいた。泣き声を洩らすまいとしているのが、わしにはよく解《わか》った。

「夕方までに上がるといいんですが――」

と、高津は言った。高津は啓介たちの死体のことを言っているのであった。

わしはこんな場合、高津などが立ち現われたことが不快だった。もともと、わしは京子と高津との婚約に不賛成だった。大阪で実業家として現在一番か二番か知らないが、彼の父親高津文四郎なる人物は、所詮《しょせん》は成上り者の無教養者で、学者を屁《へ》とも思っていないその人を喰った傲慢《ごうまん》さが、わしは虫が好かなかった。初対面の時、あなたの出版費ぐらいは出すことが出来ると思いますと言い居った。みさと子供たちは、相手の家を一度訪問して、金の威力にひとたまりもなく参ってしまったようすだった。やれ屋敷が広いの、応接間が立派だの、八瀬の、宝塚の別荘がどうのこうのと、わしは急に活気づいて来た家の空気が不愉快だった。

それに加えて、当の息子の高津はフランスに三年留学したというが、ルーブルの話しかできん。勉強もせず、と言って酒も飲まず、絵描《えか》きでもないくせに、絵ばかり見て廻って、荏苒《じんぜん》無為の生活を送っていたものと思われる。ひとが娘をくれるとも、くれんとも言わぬうちから、雨が降ろうと雪が降ろうと、土曜ごとに遊びにやって来る。わしの理解の埒《らち》外の人物である。わしが反対を唱えた時、真先に京子が泣き出した。

これもわしにとっては甚だ心外だった。みさと子供たちに計ってみると、全員が京子と高津の結婚に賛成だった。高津はいい印象をわし以外の家人に植えつけているようであった。わしは啓介も弘之も学問に関心を持たんし、定光も当てにならんので、せめて京子だけは、学問のために生涯を捧《ささ》げる凜乎《りんこ》とした学究のところへ嫁がせたいと思っていたが、これも断念《あきら》めねばならぬ仕儀に立ち至っていた。

わしはともかく、高津がかかる三池家の家内部《うち》の大事の席に、まだ式も挙げない前にのこのこ顔を出したことが不快だった。

「母さんを一人にしてやりなさい。京子はホテルに引き上げてくれ」

と、わしは言った。京子と高津は宿に弁当を作らせ、大騒ぎして自動車を呼び、わしにはまるで遊びごととしか思われぬ振舞で、二人連れ立って出て行った。

二人が出て行って、部屋が静かになると、わしはみさに優しい言葉をかけてやろうと思ったが、口から出た言葉は叱責《しっせき》になってしまった。

「啓介がこんなことになったのも、お前に罪がある。大体お前が甘いから不可ん！」

みさは死んだように俯伏していた。

「弘之も京子も子供たちはみんな碌《ろく》でなしになろうとしている。わしはこれ以上我慢ができん！」

するとみさは顔を上げ、ふらふらと立ち上がって縁側に出たと思うと、片手を顳顬《こめかみ》に当て、そこの柱に身を持たせ、それからわしの方に顔を向けた。みさがあんな風にして静かにわしの目を見入ったのは、後にも先にもあれが一度だけだった。それから又みさは崩れるようにぺたんと縁側に坐った。

「罪の一半はあなたにもあると思います。子供たちにあなたは何をして下さいましたか？」

それから、少し気が変になっているのではないかと思われる程、平生無口な女が突然喋《しゃべ》り出した。

「あの子たちが小さい時、ずっとあなたはドイツに行っていらっしった。三年の留学の筈《はず》なのに八年も行っていらっしった。あとの五年は文部省にも家にも音信不通で、その間わたしたちは、あなたの御想像もできない辛《つら》い思いをして暮らしました」

それはみさの言う通りだった。三年の留学費をわしは節約して八年に引き延ばしたのだ。妻も子も家もなかった。わしは安下宿で黒麺麭《パン》を噛《かじ》りながら、学問の、いわばアルプスのような高い峯の、そのはろかな山巓《さんてん》のみをみつめていた。それなくして、わしの今日の仕事はあり得なかったのだ。

みさは又こんなことをも言った。

「研究、研究で日曜も祭日もない。暇さえあれば死体ばかり弄《いじ》っていらしった。そして家へ帰ると、死体臭いと言ってお酒を召し上がる。召し上がって冗談の一つでもおっしゃるのならいいが、お酒を召し上がりながらドイツ語ばかり書いていらっしゃる。あなたは子供たちに何をしてやりました。学校の通知簿を見てやったことがありますか。動物園一つ連れて行ってやったことがありますか。わたしと子供たちはあなたの学問の犠牲になったのです」

長い貧乏生活の中に、永年なりふり構わずわしの研究を助けて来たみさにして、この反抗があろうとは、わしも意外だった。

わしはそれ以上みさの愚痴を聞くのは嫌だった。わしは言った。

「もうやめんか！　わしはわし自身をも犠牲にしている」

わしは縁側の籐椅子に腰をおろしたまま、朝起きてから何時間もそうしていたように、又ぼんやりと湖面に視線を投げた。湖面から目を上げると、いつも深味のある秋色に彩《いろど》られた十月の比良が、恰《あたか》もわしを包み込むように、静かな拡《ひろ》がりでそこに大きく坐っていた。

「わたしはホテルの方に参って居りましょう。昨日、あなたが何をおっしゃったのか知りませんが、あの子はさぞ親を恨んで死んだことでしょう」

みさは冷たい口調でそう言い放つと、つと立ち上がった。涙腺《るいせん》が枯れてしまったのか涙はなく、妙にすべすべした顔で、肩掛をかけ、引っ攫《さら》うように荷物をとりまとめ、くるりとわしに背を向けると、そのまま部屋を出て行った。もう永遠にわしのところには戻って来ないかのように。

言いようのない堪《たま》らない淋しさがわしを襲って来た。これでよし！　とわしは立ち上がったが、又、腰を降ろした。何がこれでいいのか、わしにも解らなかった。

わしは宿の主人を呼んで、雑記帳を一冊貰うと、もう何年も思い出したことのなかった谷尾海月に書く手紙の草稿を認《したた》めようと思った。谷尾海月は解剖学者でも人類学者でもなかった。わしは七年間ドイツのストラスブルグのシュアルベ先生のもとで、主として「児斑」（子供の青痣《あおあざ》）の研究をしながら、一方ライフ・ワークたる軟部人類学の基礎的な仕事を固めると、それから一年、オランダのライデン博物館で、これはわしの仕事のうちでは一つの寄り道ではあったが、フィリッピン人の頭蓋《ずがい》約千個を測定した。そのライデン時代、日本の学者たちの巣となっていた日本人の女の経営する飲屋で、わしは谷尾海月と知り合った。

彼はわしより少し年長の、サンスクリットをやはりライデン博物館で研究している風変りな僧侶《そうりょ》であった。酒仙という言葉がそっくり当てはまる飄々《ひょうひょう》たる彼の酒の飲みっぷりがわしは好きであった。そのくせ、幾ら酒を飲んでも彼の頭の中には研究のことばかりが詰まっていた。わしは彼の研究がいかなるものであったか知らなかったし、彼もまた、わしの研究がいかなるものであったか知る筈はなかった。しかしわしら二人は意気投合した。学問の貴さを知り、学徒としての二人の人格を互いに尊敬し合うことにおいて、肝胆相照した。わしがライデンを引き上げる時、谷尾海月はわしへの贈物として、自分の持っている最上のものを与えようと思うが、何を望むかと言った。わしは君が死んだ時、死体を解剖させよと言った。

海月は即座に半紙に筆を走らせ、己が死体を解剖学者三池俊太郎に与えるという遺言を自分のとわしのと二通認め、自分のには「親族かれこれ争うべからず」というような文句を記した。

わしは大正元年、ライデン博物館の入口で海月と別れてより再び彼と会っていない。しかし、彼がわしより何年か後れて帰朝し、信濃《しなの》の小さい寺の住職になって今日なお健在であることを聞いている。大学の仏教学教室にでも訊いたら、匿れたる老仏教学徒谷尾海月の住所は判《わか》る筈であった。

わしは海月に手紙を書くことに依《よ》って今日という日を過したいと思った。彼の死体を貰うという約束が、今やこの世におけるただ一つの、約束と言える約束のような気がした。それ以外のいかなる人間と人間との交渉も、人間関係も、信ぜられぬものの如《ごと》く思われた。

しかしペンを執ったものの、何から書き出していいか解らなかったし、今日この瞬間、何十年振りで自分に滔々《とうとう》と熱く打ち寄せている海月に対する深い人間的親愛感が、いかなるものであるかを伝えることは到底至難なことのように思われた。

ペンを措《お》いて目を上げると、湖上は一面に秋の夕陽を浴びて美しく輝いていた。遥《はる》か東方の湖面には、木の葉のような舟艇が何十艘《そう》となく、静かに浮かんでいるのが見えた。啓介とあの少女の、――そうだわしには啓介といっしょに死んだ湖畔ホテルの階段の中途で見掛けたあの女が、どうしても少女としか思われないのであった。――湖面に浮いている沢山の小艇は、啓介とあの少女の死体を探す舟の群れであるかも知れないと思った。

結局わしは海月にも手紙を書かず、縁側の籐椅子に倚《よ》って、何ものかに堪《た》える思いでじっと湖面と向い合っていた。夜になると、部屋に入り、部屋の机の前に端坐《たんざ》していた。時々立ち上がって縁側に出ては、東方の湖上を見た。そこには何十かの小船の小さい燈火《とうか》が、イルミネーションのように、動かず、夜の更《ふ》けるまで同じ場所に置かれてあった。

第三回目に、つまりこの前ここで比良《ひら》を見たのは、日本が今までに持った一番暗い時代だった。わしの心も、世の中の誰の心も、ひとかけらの希望もない暗さで塗り潰《つぶ》されていた時期だった。

空襲はいつ来るかも知れなかった。新聞やラジオは疎開《そかい》をやかましく言い出し、戦局は日々に悪く、暗澹《あんたん》たる明日が日本人全部の上にのしかぶさっていた。そうした昭和十九年の春、わしは春子の末の妹である女学校五年生の敦子に連れられて、堅田へやって来たことがある。啓介の事件の時から二十年近い歳月が流れていた。

その頃、わしは女中と二人で、京都の吉田の家に暮らしていた。その年の正月、弘之は金沢支店に転勤になり、春子も四人の子供たちも、一緒に京都を引き上げて金沢に移り住んだ。転勤とはいい条、弘之の場合は、疎開を頭において自発的に田舎落ちを志望したもので、七つを頭に四人の子供を抱えている弘之にしたら至極当然な処置だったと言えよう。

弘之も、春子も、老人のわし一人を京都へ残しておくことは不安だったらしく、再三再四、執拗《しつよう》にわしの同行を迫ったが、わしはその勧めに肯《がえん》じなかった。老人の一徹と彼等は思ったようだったが、そうではない。わしは自分の仕事が大切だったのだ。

誰がなんと言おうと、わしは自分の書斎から梃《てこ》でも動かなかった。

弘之は生命あっての研究だと言った。しかしわしにしたら研究あっての生命なのだ。わしにとっては仕事が全部だった。大学を離れてそのわしの仕事は成立しなかった。解剖学教室へ出向かねばならぬ必要もあったし、大学の図書館、研究室の書庫も、わしの仕事からは切り離せなかった。京都という土地を離れては、わしの研究は全く頓《とん》挫《ざ》するの他はなかった。

弘之は生命あっての研究だと言ったが、七十三のわしの気持ははるかに切迫していた。あの頃わしは毎朝仕事に取りかかろうと机の前に坐《すわ》ると、自分の血管が目に浮かんできた。わしは、わしの血管が、既に指でつまむとビスケットのように忽《たち》ちぼろぼろになって崩れ去る状態にあることを知っていた。戦争と係わりなく、わしはわしの生命とも競争していた。一日生きれば、その一日が儲《もう》けものだという気持だった。順調に仕事が捗《はかど》っても『日本人動脈系統』の完成は、わしに九十三歳の寿命を要求していたから、わしにとって、仕事の完成は到底望むべくもなかったが、わしはせめて、一章でも一節でも多く手懸けておきたかった。それで、わしは自分の仕事を何分冊かに分けて、逐次上梓《じょうし》してゆく計画を立て、脱稿した分から印刷所に廻すことにした。しかしその印刷会社もまたいつ閉鎖するか判らぬ周囲の状勢だった。

又たとえ幸いにしてわしの仕事の何冊かが出版できたとしても、その書物を諸外国に送る方途に至っては全く途絶えていると言ってよかった。神戸のドイツ領事館の計らいで、どうにか枢軸《すうじく》国側の大学だけには送れると思っていたのだが、ヨーロッパの戦局は、そのただ一つの最後のわしの期待をも断ち切ろうとしていた。

わしはあの頃、実際に寸陰を惜しんで机に向かっていた。書けばいい、書いておけばいつかは何とかなるだろう。わしの死後、何年か何十年かして、いかなる経路を辿《たど》ってか、わしの仕事は必ずや世界の学界に正当に評価されるだろう。永久に朽ちない一つの石となるだろう。そしてわしの仕事を多くの学者が継承し、ついに軟部人類学は完成するだろう。わしは斯《か》く考え、斯く信じ、而して自らを鞭打《むちう》った。

しかし、そのくせ、わしはあの頃、わしの草稿が火焔《かえん》に呑《の》まれてめらめらと燃え上がり、煙の渦と共に中天高く舞い上がって行く夢をよく見た。そんな時、目が覚めると、わしはきっと目頭を涙で濡《ぬ》らしていた。

あの頃、わしは大学附近のある小さい古本屋の前を通るのが、まことに嫌いだった。その店の片隅に、埃《ほこり》を浴びて堆《うずたか》く積まれてある京都地誌に関する一束の草稿をわしは知っていた。それは何人《なんぴと》によって書かれたかは知らぬが、和紙に筆で丹念に浄書したもので、その内容の価値については一切これを知らぬが、ともかく何人かの孜々《しし》として築いた大きい努力が、わしが気が付いてから三年近くも、その本屋の同じ場所に細い細引で束ねられた同じ恰好《かっこう》で置かれてあるのであった。わしは、わしの『日本人動脈系統』の草稿が、何百枚かの図版と共に、その不幸な京都地誌の草稿と同様な運命に置かれることを想像すると、全くやり切れない気持だった。その古本屋の店先を通る度に、ともすれば、わしはわしの仕事が持っているかも知れぬ暗い運命を考えて、暗澹たる気持になった。

あの頃、日曜ごとに、春子の妹の敦子が芦屋《あしや》からやって来た。一人で仕事をしている老人のわしを慰めるつもりか、来る度に、小さいハンケチから自分で焼いたという麵麭《パン》を取り出したり、あの頃なかなか手に入らなかった林檎《りんご》を二、三個きちんと並べて、わしの机の上に置いたりした。

わしはなんとなく、あの敦子という十七の娘が好きだった。派手好みの姉の春子と違って、どこか一点沈んだところのある、しかし素直で明るい少女だった。わしは、とかく孫たちなどに愛情というものを感ぜぬ性格だが、別に血の繫《つな》がりもない敦子だけには、ふしぎに何か親身の暖かいものを感じていた。敦子の方でもなんとなく、この老人が気に入っているようであった。

あの日、わしは庭を歩いていた。いつも朝食を済ませて直《す》ぐ仕事に取りかかるのだが、あの日のわしは別だった。わしはやたらに庭を歩き廻っていた。春の午前の陽射《ひざ》しが植込みを洩《も》れて明るく地面に零《こぼ》れていたが、わしの心は怒りとも淋しさとも言えぬ冷たく荒い感情に取り憑《つ》かれ、それを静めるためには、わしは庭を歩き廻っている以外なす術《すべ》がなかったのだ。

そうした気持をわしに惹《ひ》き起こさしたのは、その日の新聞に大きく報ぜられていた文化勲章の受賞者たちの発表だった。人文科学、自然科学の両分野から六人の学者たちが選ばれ、国家から学者最高の栄誉として文化勲章が授与されているのであった。わしは暫《しば》らく受賞者たちが一様に胸にメダルを佩《はい》して一列に並んでいる写真を見ていたが、ああ、わしもこの勲章が欲しいと思った。このように表彰され、このように業績が書き立てられ、このように国家と国民からの尊敬と関心と理解とを得ることができたらと思った。わしは過去においてついぞ一度も名声と物質とを羨《うらや》んだことはなかったが、この時ばかりは、この世間的栄誉を、わしもまたわしの痩《や》せた肩の上に荷《にな》いたいと思った。

わしの仕事はこの六人の受賞者たちの仕事より偉大でなかろうか。わしは茶の間の食卓の上に新聞をおくと、書斎に戻り、いったん机の前に坐り、再び立ち上がって書斎を出て庭に降りた。わしの生涯の仕事が恐らくこれが最後であろうと思われる国家的表彰に値するものではなかったであろうか。わしの仕事が政府から称《たた》えられ、国民から尊敬され、国家から保護されるに相応《ふさわ》しいものでなかったであろうか。――わしはいかなる片々たる栄誉でもいまやこれを欲しいと思った。いかなる些少《さしょう》の名声にでもこれにすがりたいと思った。

是が非でも三池俊太郎の名は人々の胸に銘記されねばならぬ。三池俊太郎の研究の価値は一人でも多くの人々の心に植えつけられねばならぬ。それなのに、わしの生命は絶えんとし、国は亡《ほろ》びようとしている。わしの何千枚の草稿は全く予測できぬ暗い運命の手に委《ゆだ》ねられている。わしの生涯の仕事は、誰にも正当に認識されずしていっぺんの煙に化してしまうかも知れないのだ。シュアルベ先生、と突然恩師の名がわしの口をついて出た。わしの目から涙が溢《あふ》れ落ちた。

その時、大学の事務室から電話がかかって来た。文化勲章の受賞者の一人であるK博士の祝賀会が明日大学で開かれるので、その席で名誉教授を代表して祝辞を述べてくれということであった。わしは断わった。

すると間もなく、五分も経《た》たないうちに、今度はわしの教え子の一人である医学部の横谷教授が、同じことを重ねて依頼して来た。わしは言った。

「わしは他人の祝辞の草稿を書くような時間の余裕は持たん。わしは自分の仕事でしなければならぬことがいっぱいある。わしは明日死んでも不思議でない年齢じゃ」

横谷は恐縮して引き下がった。

受話器をおくかおかないうちに、どこかの新聞社からまた電話がかかり、やはり受賞者の一人について何か話をしてくれということだった。

「わしは、自分の仕事以外興味を持たん。折角だが来て貰《もら》っても無駄だ」

それだけ言って、電話を切ると、この分だとまたどこからかかって来ないものでもないと思ったので受話器を外しておいた。

わしは又庭に降りた。わしが故《ゆえ》なき怒りと悲しみと孤独に濡れながら、庭を歩き廻っている時、中庭伝いに植込みをくぐって、敦子が水兵服にモンペの姿で、花のようなへわしはあの時ほんとにそう思った）邪気のない笑顔を現わした。敦子は家からのことづけの品だという幾許《いくばく》かの食糧品を縁側におくと、

「おじさま、これから琵琶《びわ》湖にいらっしゃらない？」

と言った。

「琵琶湖？」

わしはその唐突な申し出に愕《おどろ》いた。

「行きましょうよ。行ってボートに乗りたいわ」

戦時下とはいえ、春の暖かい陽射しはこの年頃の少女を、いつになく陽気に快活にしているようであった。わしは自分でもふしぎな程その時敦子の申し出に無抵抗だった。

「よし、わしもひとつ琵琶湖にでも連れて行って貰おうかな」

と、わしは言った。今日のわしに出来ることは、せめてこの少女の言うなりに、この少女の行く所どこへでも従《つ》いて行くことぐらいでしかあるまい、正直のところそんなわしの気持だった。

三条の京津電車の乗場で何台も電車をやりすごし、漸《ようや》く坐れる空《す》いた電車が来たので、わしらはそれに乗って大津へ行った。啓介の事件以来殆《ほと》ん二十年振りに見る琵琶湖だった。わしは大学に在職中もその後も、宴会やら何やらで大津へ来る機会は何度となくあったが、わしはあの事件以来、琵琶湖を見るのが嫌で、常にこの方面に足を向けるのを避けていた。

しかし敦子に連れられて琵琶湖に来てみると、湖の美しさだけが胸に来た。歳月というものは恐ろしいもので、いつか、啓介の事件から受けた胸の痛手もわしの心から消えているのであった。湖面は一面に小さい魚鱗《ぎょりん》をばら撒《ま》いてあるように、真上からの午の太陽に輝いていた。敦子はボートに乗りたいと言ったが、なるほど、小さい船やボートが湖上のあちこちに見られ、ここだけには戦争の暗い影はないようであった。わしは湖を挟んで向うに坐っている比良の姿を見ると、ふと堅田へ行ってみたくなった。丁度折よく堅田方面へ行く汽船が来たので、わしは敦子を誘ってそれに乗った。三十分ほどで堅田へ着くと、二人はこの霊峰館で休憩した。霊峰館はその日家人は居らず不愛想な女中が一人いるだけであった。廊下の硝子《ガラス》は割れたままで、当時どこの旅館もそうであったように、家全体の荒れが目立っていた。

霊峰館を出ると、わしは船着場の附近で敦子にボートに乗せられた。ボートというものに乗るのは初めてだった。敦子は貸船屋から借りてきた薄い座蒲団《ざぶとん》をわしの腰の下に敷いて、ここにつかまっていらっしゃいと、わしの手をとって船縁《ふなべ》りを掴《つか》ませた。ボートは二人を乗せて、ただの一艘の舟も出ていない湖面をひっそりと滑った。敦子は胸を張り、額に汗を浮かべてオールを握った。

「おじさま、愉快?」

と、敦子はわしに訊《き》いた。わしはオールの水の飛沫が顔にかかり、それに不完全極まる小舟に身を託すことは、必ずしも気分快適とは言えなかったが、

「ああ愉快だよ」

と答えた。しかし岸を遠く去ることだけは固くこれを禁じた。

湖上からみると、湖岸のところどころに桜が咲いて、埃がないためか四月の腥《なまぐ》ささのない、どこか一抹の冷たさの透っている陽春の風光だった。比良も美しかった。

ボートの近くで一匹の魚がはねた。あら、お魚！　敦子は大きく目を瞠《みは》り、オールをしきりにばたつかせると、魚のはねた場所へとボートを廻して行った。敦子の動作を見守っていたわしは、ふと、二十年前湖畔ホテルの階段の中途で後にも先にもただ一回ちらっと見掛けたあの啓介と一緒に死んだ十八の女を思い出した。あの女の面影を敦子のどこかに感じた。敦子が魚のはねた時見せた大仰な少女らしい驚きの表情からか、或《ある》いはボートを廻した彼女の敏捷《びんしょう》な動作からか、とにかく一瞬、敦子とあの女の映像がごっちゃになり、こんがらかって、一種の眩暈《めまい》のようなものをわしは感じた。あの女も敦子のような少女であったかも知れぬ。わしは啓介を奪ったあの女にいまふしぎにいささかの憎しみをも感じていず、むしろ啓介にすら抱かない愛情に似たものを感じている自分に気付いた。

女と啓介が沈んだあの水と同じ水が、ボートの周囲を埋めつくしているのを、わしは見詰めた。わしは手を舟縁りから出してその水に浸《つ》けた。しなびた老人の五本の指の間を、思ったより冷たい水がゆるく流れた。

その敦子もすでにない。終戦後の発疹《はっしん》チフスであっけなく死んでしまった。みさも亡《な》い。わしの嫌いだった京子の義父高津文四郎も他界した。谷尾海月も終戦の年死んでしまった。いい奴《やっ》も、悪い奴もみんな居なくなってしまった。

海月が亡くなった時、直ちに信濃の谷尾家から解剖の件について問合せがあったところから見ても、海月はわしとの三十四、五年前の約束をかりそめには考えていなかったようだ。だが時が時だったので、わしもいかんとも為《な》し難く、ライデンに於《お》ける海月との約をついに果たすことはできなかった。

暮方になったせいか、湖面から吹いて来る風が肌寒く感じられる。とりわけ襟首と膝頭《ひざがしら》が冷たい。五月だというのに、毛糸か真綿でも身につけていたいようだ。今日は取分け、耳鳴りが烈《はげ》しい。まるで風の音のようだ。しかし実際に風も強くなっている。

今頃、家の中はわしの失踪《しっそう》事件でひっくり返っていることだろう。それぞれ思い知るがよかろう。もしかすると、もう大学の横谷も杉山も急を知らされて、恩師の一大事とばかり家に詰めかけて、神妙な顔をしているかも知れん。横谷も杉山もいまは大学の教授として大きな顔をしているが、わしの学者としての性格は何一つ受け継いで居《お》らんではないか。大体、わしの仕事の価値についても、本質的には少しも理解して居らんようだ。三池老先生、三池老先生と、わしの顔さえ見れば奉《たてまつ》るが、人間奉るだけが能ではない。わしの前では老先生、老先生と言っているが、蔭《かげ》では老人、老人と言っているのではないか。わしにはどうもそんな気がする。わしはあの二人が戦時中、やれ大学の疎開《そかい》だとか、やれ学徒動員だとか、すっかり研究から腰を浮かしてしまったことを知っている。あの時は黙っていたが、わしはあの二人の学者としての底を見たような気がして、ひどく淋しかったものだ。学究というものはそんなものではない。

かつて敦子と二人でボートに乗った貸船屋の粗末な桟橋にそこだけ小さい波が散っている。よく見ると湖面も波立っている。貸ボートの白い旗が風にあおられている。今時になって取り込まれないところを見ると、あの旗は忘れられたものと見える。わしはどうもこの頃、取り込まるべきものが、取り込まれていないのを見ていると気になって不可《いか》ん。きちんきちんとせんと気がすまん。もともとわしはこんな性質《たち》ではなかった。家の者たちがわしをこんなにしてしまったと見える。春子は書斎から見える洗濯物を何回も言わんと取り込まんし、弘之は切手のはってある郵便を机の上に何日も忘れてほうっておく。京子にも定光にも責任がある。家の者ばかりではない。研究室の連中もみんなそうだ。淋巴腺《りんぱせん》に関する短い報告を依頼してから一年になるが、中間報告をわしのところへ持って来たのは一番若い研究生一人ではないか。

ああ、何も考えまい。考えるということは疲れる。『日本人動脈系統』の仕事以外は何も考えまい。今日一日をくだらぬ事件で無駄にしてしまったが、その分を夜になって取り返さねばならぬ。仕事、仕事、老学徒三池俊太郎は息のある限り仕事をせねばならぬ。今夜深更までに第九章の図版の説明を書く。説明が出来なければせめて標題《ネーム》だけでも片附けねばならぬ。そうだ、それを終えて眠る時に飲むように、女中に酒を頼んで持って来て置いて貰おう。いい酒を二百グラム、よく徳利を洗ってな。——以前なら一時間で済んだ仕事が、この頃のわしは一日を要する。時には二日も三日もかかっていることがある。老いというものは怖いものだな。

五十年前わしはこの部屋で死ぬことばかり思い詰めていた。若い時は無慾《むよく》なものである。現在《いま》わしは一日でも長く生きたい。シュアルベ先生も、東京の山岡教授もみんな死んだが、みんなさぞ死に切れなかったろう。一日も長く生きて仕事をしたかっただろう。谷尾海月だって同じことだ。彼はサンスクリットの辞書を作る大志を抱いていたが、ついに完成はしなかったようだ。尤《もっと》も宗教家というものは、生死の問題になると、そこに自《おのず》ら違うところがあるかも知れんが——しかし海月は決して宗教家ではなかった、学者だ。彼が学者中の学者であればこそ、わしは彼が好きだったのだ！海月はやはり死に切れなかったろう。悟るというが、悟りなんて所詮《しょせん》は怠惰なる者のていのいい念仏に過ぎん。人間は息の続く限りあくせくと仕事をせねばならぬ。仕事をする以外人間に生まれて来た意義があるか。人間は日向《ひなた》ぼっこするために生まれて来たのでもない。人間は倖《しあわ》せになるために生まれて来たのでもない。

　今日、わしは比良を見たかった。堪《たま》らなく比良を見たかった。あの時、わしは春子を向うに追いやって怒りを静めようとした。お茶を点《た》てた。しかしお茶を点てていても心のしこりは消えなかった。萩焼《はぎやき》の茶碗《ちゃわん》を傾け了ってそれを膝の上に持って来た時、全く思いがけず、わしの心にちらっと比良の姿が浮かんで来た。そして大森屋の番頭が這入《はい》ってくる玄関のベルが鳴りひびいた時、わしの腹は決まったのだ。もう何物も制止することのできない力で比良が遠くからわしを呼んでいたのだ。しかし、半日ここでこうしていて、心ゆくまでわしは比良を見た。日中あんなに濃かった比良の山脈《やまなみ》が先刻から急に淡くなって、その代り却《かえ》って空との境界線だけがいやにはっきりとして来た。それらがやがて全く夕闇《ゆうやみ》の中に融《と》け込むのにはもう一時間とはかからないだろう。

　今日京津国道を自動車で通る時、蹴上《けあげ》のつつじが綺麗《きれい》だったが、同じつつじ科の植物だから、比良の山頂ではいま石南花《シャクナゲ》が満開かも知れない。あの山頂のどこかの斜面に白い花が咲いている。一面に敷きつめたように大振りの白い花が咲き揃《そろ》っている。ああ、あの山巓《さんてん》の香り高い石南花の群落の傍で眠ることが出来たら、今日のわしの心はどんなに休まることだろう。顔を夜空に向けて、のびのびと四肢を伸ばして、ああ、思っただけでも気持がいい。あそこにだけわしの心を休ませ揺すぶってくれるものがありそうだ。わしは今までに一度登ってみるべきだったな、あそこに。しかし、いまとなってはもう駄目だ。あの高山の頂に登ることは所詮不可能というものじゃ、『日本人動脈系統』を完成する以上に、わしにとっては至難なことである。

雪の日、木綿衣を着てここに泊まった時も、啓介の事件の時も、敦子とボートに乗った時も、わしは比良を見た。いつも比良を見ていた。だが、わしは比良の山に登りたいなどとは、つゆ思わなかった。なぜあの山に登ってみたらという考えを起こさなかっただろう。季節が違っていたためかな。いや、そうじゃあない。まだ今までのわしには、あの山に登って行く資格ができていなかったのかも知れぬ。そんな気がする。昔、比良の石南花の写真を見た時、いつか比良の山巓を極める日が来るように思ったが、その日は今日という日だったかも知れない。しかし、幾ら登りたくても、今やわしにとっては不可能というものじゃ。

さあ、部屋にはいろう。早く夕食を運んで貰って、わしは仕事にかからねばならぬ。子供の声の聞こえない静かな落ち着いた夕方の時間というものは、何年振りだろう。どこかで鈴の音がする。老人の空耳かな。耳鳴りのしている中から、鈴の音が確かに聞こえてくる。いや、やっぱり空耳だろう。ドイツのトリイベルヒの山小屋で、(あの時わしはシュテエダ博士と、彼がシベリヤで発見したという赤い骨について、ディスカッションするための原稿を書きに行っていたのだ)わしは仕事をしながら牛の首についている鈴の音を聞いたことがあるが、あの音は美しかったな。あの音が、何十年前のあの音が、何かの加減でいまわしに憶《おも》い出されて聞こえてくるのかも知れぬ。

早く飯にしてくれ、わしは仕事をせねばならぬ、珊瑚《さんご》の林のような、赤い脈管の系譜の世界に入って行かねばならぬ。

# 解　説

河盛好蔵

井上靖君は静岡県湯ヶ島の産で、昭和十一年に京都大学の美学科を卒業、毎日新聞社に入社、社会部、学芸部の記者生活十四年という経歴の持主である。以前より志は文学にあったが、始めて書いた作品が『猟銃』で、これは昭和二十四年十月号の『文学界』に発表された。これよりさき井上君はこの処女作の原稿を佐藤春夫氏のところに持参して、その閲読を請《こ》うたということであるが、これは井上君のために幸運であった。なぜなら、井上君の作品の新しさ、面白さを直ちに理解して、それに正しい指針を与えうる大家は佐藤氏のほかには一寸《ちょっと》見あたらないからである。その佐藤氏は次のように書いておられる。「井上靖の作品を最初見せられた時には実のところどう評価していいのか聊《いささ》か戸迷しないでもなかった。しかし、何はともあれ第一に面白い。理窟なく面白いには相違ない。この点だけで外の詮議《せんぎ》はもう沢山という程に面白かった。小説の面白さというものを大ぶん暫《しばら》く忘れようとしている我国でそれを久しぶりに思い出させるに足るものに思えた」

井上君がその次に書いた作品は『闘牛』であって、これも同じ年の十二月号の『文学界』に発表された。この作品によって井上君の声価は決定的なものになり、昭和二十五年度前期の芥川《あくたがわ》賞を授けられたのである。『比良のシャクナゲ』は昭和二十五年三月号の『文学界』に発表されたもので、作者の第四作に当る。

前記佐藤氏の言葉にもあるように、井上君の小説を読んだものが誰しも口を揃《そろ》えて言うことは、非常に面白いということである。面白いというのは意味のひろい言葉であるが、井上君の場合は、作品の組立がきわめて巧緻《こうち》であって、読者の興味を一瞬間もわきへそらさないように細心に工夫されていることを指摘することができる。それの最も成功しているのは『闘牛』であって、読者の意想外の事件が後から後へと続出するが、それらの事件は全体の効果を考えて精密に設計され、布置されているので、読者は息もつがずに最後の場面にまで快くみちびかれることができる。もっともこのような手法は、読者が途中で疑問を起したり、作品のモチーフに反感を覚えたりすると、作品全体が一挙に崩壊してしまう危険なしとしない。たとえば『猟銃』のなかの三つの手紙のうち、「みどりの手紙」は一ばん作為のあとが見えすぎて、どこか軽薄であり、作品全体の清冽《せいれつ》なトーンを乱している。これは煩手《はんしゅ》を労しすぎた結果と見るべきであろう。この種の欠点は『比良のシャクナゲ』のなかにも散見する。素材の持ち味を生かさずに、庖丁《ほうちょう》の切れ味を見せすぎるからであろう。事実、この料理人はなかなかの腕前なのであるが、料理の味のつけ方がともすれば読者本位になりやすいのが、作品の品格を下げて、井上君の小説を通俗小説とする批評をうむ理由であろう。

井上君の小説がともかく理窟なしに面白いのは事実であるが、しかし単なる面白さだけの小説でないこともまた明らかな事実である。人は知らず、私が井上君の小説で最も心を惹《ひ》かれるのはその孤独感にある。『猟銃』『闘牛』『比良のシャクナゲ』、そのいずれをとってみても、主人公の後姿はひどく寂しい。彼らはみな愛の砂漠のなかにいて、愛したい、愛されたいという強い祈願をもちながら、彼らの心のなかに棲《す》む白い蛇が、愛情の十分な発露を妨げている。というよりも自己の情熱の性質を十分に見きわめることをしないで、常に現在の情熱の対象に自己の夢のみたされないことを嘆いている。

『比良のシャクナゲ』の三池俊太郎が全情熱をそそいでいるのは彼の学問である筈《はず》であるが、その情熱のすき間から吹きこむ冷たい風の性質を彼は十分に理解していないし、また理解しようともしない。『闘牛』の津上のニヒリスムも、救いのない絶望から来るのではない。彼の情熱の不発弾が、心のなかで生臭くいぶっているだけである。

したがって彼らのもつ孤独感は人生の闘争に敗北した人間が、人生に対する自己の不適応性を自覚したときに生じる、骨を嚙《か》むような絶望的なものではない。また、いまだ闘わない前に、自己の無能力に絶望するような自意識の過剰な人間のもつ絶望感でもない。彼らはいずれも闘争に身を賭《か》けることを厭《いと》わない積極的な意志と情熱の持主である。愛されることよりも、愛することの方により強い情熱を抱いている人々である。しかし彼らは勝敗の結果については遂《つい》に確信をもつことなしに終るであろう。勝利は勝利として感じられず、敗北は敗北として自覚することができない。なぜなら、彼らは自己の情熱をそそいだ場所について常に不安を抱き、そこに安住できないからである。したがって彼らのもつ孤独感には充《み》たされざる夢の持主にありがちな甘いロマンチスムの影がさしていることを否定することができない。そして、これは恐らく作者井上君の文学的精神の本質に基因するものであろう。

しかしこの種の甘さを養いとした文学が現代においていかに稀有《けう》であるかを思うとき、井上君の文学の珍重さるべき十分な理由があるのではあるまいか。

井上君の小説において更に見のがしてはならないのは、その美しいリリスムであろう。このリリスムは、前述のロマンチスムと無縁ではなく、両者相まって彼の文学を内面から支える強い柱になっているものであるが、読者の心を柔らかく包んで、しばらくの間、ほんとにしばらくの間であるが、荒々しい現実を離れてロマネスクの世界に読者を遊ばせる魅力をもっている。

私は井上君の小説のもつ大衆文学的要素を決して否定するものではない。いなむしろ井上君がそのような批評を顧慮することなく、その大衆文学的要素を更に新しく深く広いものにしてくれることを大いに期待するものである。佐藤氏は書いておられる。「井上は一面では美学の学徒であり、同時にまた新聞社員でもある。彼の作品の特異性は先《ま》ずここにある。彼の小説構成には美学的考案と新聞社的時代感覚とが大に役立っている。そこに彼の比較的高級な大衆文学性が醸成された。あっさり言えば井上の文学はよく考えられた職人の細工である。これを見事に仕上げたのは井上の腕である。人或《あるい》は難じて言うであろう。『彼は決して霊の芸術家とは言えない。だからつまらぬ』と結論しないとも限らない。正《まさ》しく仰《おお》せの通りではあろう。然《しか》し一知半解先生よ、芸術の領野は先生の限界よりは少々広い。詩神は井上のような下僕をも拒まぬであろう。新しい作家の登場に当って、人々は常に在来の尺度を捨てて新しい物差を用意すべきであろう」これは卓見である。私は井上君の小説が現代日本文学に新しい領域を開拓することを確く信じている。

（昭和二十五年十一月、文芸評論家）

# 猟《りょう》銃《じゅう》・闘《とう》牛《ぎゅう》

新潮文庫　い－7－1

昭和二十五年十一月三十日　発行
平成十六年二月五日　七十八刷改版
平成二十八年二月二十日　八十六刷

著者　井《い》上《のうえ》靖《やすし》

発行者　佐藤隆信

発行所　株式会社新潮社

郵便番号　一六二―八七一一
東京都新宿区矢来町七一
電話　編集部(〇三)三二六六―五四四〇
　　　読者係(〇三)三二六六―五一一一
http://www.shinchosha.co.jp

価格はカバーに表示してあります。

乱丁・落丁本は、ご面倒ですが小社読者係宛ご送付ください。送料小社負担にてお取替えいたします。

印刷・凸版印刷株式会社　製本・株式会社大進堂



ISBN978-4-10-106301-0 C0193